KB035181

소설 보다: 가을 2024

펴낸날　2024년 9월 9일

지은이　권희진 이미상 정기현
펴낸이　이광호
주간　이근혜
편집　이주이 윤소진 김필균 허단 유하은
마케팅　이가은 최지애 허황 남미리 맹정현
제작　강병석
펴낸곳　㈜문학과지성사
등록번호　제1993-000098호
주소　04034 서울 마포구 잔다리로7길 18(서교동 377-20)
전화　02) 338-7224
팩스　02) 323-4180(편집) 02) 338-7221(영업)
대표메일　moonji@moonji.com
저작권 문의　copyright@moonji.com
홈페이지　www.moonji.com

© 권희진 이미상 정기현, 2024. Printed in Seoul, Korea
ISBN 978-89-320-4314-2 03810

소설 보다

가을

2024

차례

걷기의 활용

권희진

2024년 『조선일보』 신춘문예를 통해
작품 활동을 시작했다.

언젠가 집 주변을 산책하다가 목줄을 한 채로 혼자 돌아다니는 개를 본 적이 있다. 개는 사람을 피하지도 않고, 그렇다고 따라가지도 않으면서 제 갈 길이 있다는 것마냥 알아서 다녔다. 혹시나 주인 아닌 사람이 나타나 덥석 데려갈까 봐 나도 그 뒤를 조용히 따라가는데 뒤쪽에서 최종민, 하고 부르는 소리가 들렸다. 개와 나는 동시에 걸음을 멈추고 돌아보았다. 멀리서 한 남자가 뛰어왔다. '최종민'은 개의 이름이고 그 남자가 주인인 듯했다. 이름이 참, 골 때리네. 남자에게 붙들린 최종민은 곧 내가 걸어왔던 방향으로 사라졌다. 개를 데리고 멀어지는 남자의 뒷모습이 마치 태수 형 같았다. 개를 키우던 태수 형. 개와 산책하는 남자들을 보면 태수 형이 생각난다. 사실 굳이 그런 남자들이 아니더라도 나는 자주 형을 떠올린다.

태수 형을 생각하면 하얀 입자들이 연상된다. 그건 먼지도 아니고 어깨에 내려앉은 비듬도 아니다. 차양에 떨어졌다가 여러 개로 부서지는 빗방울도 아니고 2000년대 초반 일본 영화에서 흔히 봤던 벚꽃도 아니다. 그것들은 얼핏 땅에서 하늘로 부양하고 있는 것처럼 보이는 눈의 결정들이다. 공중에서 흩날리지 않고 바닥으로 가라앉지도 않는 눈 속을 형과 내가 지나가고 있다.

걷기의 활용

그 이미지는 아주 기묘하다. 태수 형과 나는 주로 비가 올 때 만났으니까. 겨울에도 예외는 아니었다. 이유는 없었다. 비가 오면 유독 헛헛해서 나를 찾았던 것일지도 모르고 비가 와도 부르면 나오는 사람이 나밖에 없어서 그랬을지도 모른다. 어느 겨울날에도 비가 와서 형을 만나 술을 마셨다. 우리는 일부러 알려지지 않은 어느 동네의 구석에 박힌 오래된 가게들을 찾아다녔다. 그의 맛집 철학이었다. 난 그게 내가 생각한 어른의 모습이어서 좋았다. 우리는 그날 냉동 삼겹살을 연탄불에 구워 먹는 고깃집에 갔다. 어쩐지 다음 해에 온다면 폐업해서 사라져 있을 것 같은 예감이 드는 곳이었다. 나는 보통 고기를 굽고, 형은 보통 K에 대해 이야기를 했다.

우린 솔메이트야. 행운이지. 애인이 솔메이트라는 건.

그건 형의 말이었다. 30대 성인 남성이 '솔메이트'라는 말을 하는 게 유치해서 나도 모르게 코웃음이 나왔다. 그러자 형은 무안했는지 고기는 그렇게 굽는 게 아니라고 타박하면서 집게를 뺏어 시범을 보이듯 고기를 뒤집었다. 삼겹살은 세 번, 딱 세 번만 뒤집어야 한다고 했다. 생삼겹이라면 모를까 냉동 고기에 굳이 그런 요령이 필요할까 싶었지만 대꾸하지 않았다. 나는 형이 뒤집은 순서대로 고기를 정렬하는 것을 보면서 물었다. 솔메이트가 뭔데? 영적 베프. 그러니까 그게 뭐냐고. 넌 모를 수도 있겠다. 형은 잠시 고민하다 말했다.

일단 그런 사람을 만나면 내장에서부터 진동이 느껴져.

그는 검지로 명치 부근을 톡톡 두드리면서 이게 안 겪어본 사람은 절대 알 수 없는 그런 거야,라고 했다. 그건 아마도 K의 말일 것이다. 내장이나 진동 같은 말은 결코 그의 속에서 나올 만한 것들이 아니었다. 완전히 홀렸군, 생각하면서 나는 소주를 마셨다.

그날 우리는 오래 걸었다. 비는 거의 그쳐서 부슬거릴 정도로만 내리고 있었다. 우리 이제 어디 가지? 3차를 가기엔 이미 많이 취했고 집에 가기엔 너무 고단했다. 여름이라면 길바닥에 누워 자고 싶을 정도라고, 형이 잠꼬대를 하듯이 중얼거리기도 했다. 나는 곧 쓰러질 것 같은 형과 함께 모텔이라도 갈까 하다가 그냥 택시를 잡았다.

다음엔 눈 올 때 보자.

그렇게 말하는 형의 앞머리가 비 때문에 젖어 있었다. 눈 오는데 형을 왜 만나, 여자를 만나야지. 내가 웃었고 그건 그렇네, 하면서 형도 따라 웃었다.

형과의 만남은 대개 그런 식이었다. 여자니 K니 하

는 것들. 술 아니면 담배인 것들. 그런 게 아니라면 취해서 길거리를 배회하던 풍경과 어느 날 같이 누워 있던 모텔 방바닥의 열기와 형의 등에 밀착해 있던 내 배속의 울렁거림 같은 것들뿐이다.

그러니까 아무리 생각해봐도 형과 내가 눈이 내리는 날에 만난 기억은 없다. 그는 이미 죽었고, 그러므로 이건 선견이나 기대가 아니다. 우리가 그랬던 적이 있었나 없었나, 그건 그렇고 우리는 어쩌다 멀어졌을까, 그건 내 잘못인가, 하는 것들도 물을 수 없게 됐다. 형 덕분에 내가 어떤 사람인지 조금 알게 됐는데, 이제 형이 없으면 나를 무엇으로 정의해야 하느냐고 물을 상대가 없다는 사실이, 나는 그게 가장 아쉽다.

나는 태수 형을 일찍부터 알았다. 형이 K를 만나기 전부터 알고 지냈으니 정말 긴 시간 동안 그를 알아온 것이다.

그는 나보다 세 살 위였고 왼손잡이였다. 그 때문에 척추가 휘었을 거라고 말하곤 했는데 나는 그 말이 엉뚱하다고 생각했다. 그렇다고 또 왼손만 쓰는 것은 아니었기 때문이다. 글씨는 왼손으로 써도 가위질은 오른손으로 했고, 가위바위보와 하이 파이브도 오른손으로 했다. 내가 보기엔 오른손잡이에 더 가까웠음에도 그는 세상이 자신과 반대쪽으로 치우쳐 있어서 불편한 것이 한둘이 아니라며 불평했다. 그는 땀이 많은 체질이기도 했다. 아마도 태양인이나 태음인일 것 같다는 나의 말에 자신은 한의원을 가본 적이 없어서 모르겠다고 했다. 여하튼 그는 여름을 날 때 남들보다 유독 더 힘들어했다. 특히 손바닥 크기의 휴대용 선풍기 없이는 잘 돌아다니지 않으려고 했다. 잠깐이라도 밖에 나갈 일이 생기면 휴대용 선풍기를 손에 쥐고 걸었고, 옆에 있는 나의 얼굴에도 쐬어주었다. 그러면 나는 괜히 민망해서 아, 됐어, 하고 그의 손을 밀어냈다.

그는 좋아하는 것이 별로 없었다. 음악을 예로 들자면 특정 장르나 가수를 좋아한다기보다 어쩌다 들은 노래에 꽂혀서 주야장천 그 노래만 들었다. 내가 이 노래 어때? 하고 물어보면 어, 나도 그 노래 좋아해,라고 했지만 정말 좋아해서 호응하는 것은 아니었다. 그는 원래가 그랬다. 남이 좋다고 하면 좋고, 싫다고 하면 같이 싫어했다.

그나마 여자 취향은 확실했다. 자신은 말주변이 없어서 말이 많은 타입을 선호한다고 했다. 또 약간은 비판적인 사람이 좋다고도 했다. 그게 지적으로 보인다나. 형이 말한 특징은 모두 K를 말하는 것이었다. 내가 K를 알아서 하는 말이지만 아무래도 형은 비판적인 것과 비관적인 것을 혼동하고 있었던 게 분명하다. K만큼 형을 어둡게 만드는 사람은 없었으니까.

이런 것들 말고는 형이 위스키를 좋아하지만 절약 정신이 투철해서 남의 돈으로 먹는 게 아니라면 고급 술은 마시지 않는다는 것, 예전엔 파랑을 좋아했지만 나이가 들면서 초록을 좋아하게 된 것, 오른쪽으로 돌아누워 자기 때문에 유달리 그쪽의 팔자 주름이 더 깊다는 것, 뭐 그런 것들을 알 뿐이다. 우리 둘 다 유일하게 하는 운동이 걷기라는 것과 술을 좋아한다는 걸 빼고는 딱히 겹치거나 닮은 것도 없었다. 내가 알고 있는 것들은 겨우 이 정도뿐이라서 그에 대해 아는 척하는 것도 조금 우습다.

그럼에도 그가 어떤 사람이었냐고 물으면, 글쎄, 다른 건 모르겠고 웃음이 많은 사람이었다. 사람 자체가 유쾌하다거나 명랑해서가 아니라 모든 감정을 웃음 하나로 대체할 수 있다고 믿는 것 같았다. 자전거를 타고 지나가는 할머니를 보며 묘한 웃음을 짓는 그를 봤다면 누구라도 나와 같은 생각을 했을 것이다.

우리는 그날 아테네모텔에 갈 생각이었다. 이미 만취 상태여서 집까지 가기는 힘들고 차라리 방을 잡고 술이나 더 마시자며 주변에서 제일 저렴한 곳을 찾아낸 것이었다. 방을 잡기 전 우리는 담배를 피웠다. 근처 가게에서 흘러나와 낮은 곳에 괴어 있는 물웅덩이를 재떨이 삼아 별말 없이 담배만 태웠다. 그날 밤 우리의 보호소가 되어줄 아테네모텔은 이름대로 신전의 모양을 갖추고 있었다. 낡은 외벽에는 일정한 간격을 두고 신전 기둥 모양의 장식이 붙어 있었고 가장 꼭대기에는 낮은 삼각형의 지붕이 얹혀 있었다.

이 정도면 궁궐이야.

형은 조소인지 감탄인지 모를 이상한 미소를 지으며 말했다. 그때 하얀색 택배 트럭 한 대가 우리 앞을 아슬아슬하게 지나 모텔 앞에 섰다. 곧 트럭에서 기사가 내렸다. 나는 그가 짐칸에서 무엇을 꺼낼지 궁금했다. 남자는 마른 근육이 단단하게 붙어 있는 두 팔로 자기 몸통 크기의 자루를 두 번에 걸쳐 내렸다. 자루 안에는 말끔하게 세탁된 수건들이 있었다. 기사가 모텔에 수건을 배달한 뒤 다시 차에 올랐다. 흰 트럭이 떠난 후에 우리는 담배를 한 대씩 더 피웠다.

트럭이 떠난 자리에 곧이어 한 할머니가 자전거를 타고 오더니 천천히 멈췄다. 뒤쪽에 실은 종이 박스들의 무게가 상당했는지 페달을 밟는 노인의 발이 버거워 보였다. 나는 자전거가 쓰러지진 않을까 걱정했지만 할머니는 능숙하게 균형을 맞춰 세워두고 모텔 건물의 구석으로 가서 분리수거함을 뒤졌다. 가게에서 물건을 사는 것처럼 세심하게 그것들을 들춰보고 살폈다. 한참을 뒤지던 할머니는 그곳에서는 건질 것이 없었는지 다시 자전거에 올라타 우리 앞을 지나쳐서 다른 골목으로 사라졌다. 새벽 1시였다. 나와 형은 자전거가 사라진 쪽을 바라보다가 동시에 담뱃불을 껐고, 형이 말했다.

진짜 신기해. 새벽에 일하는 사람들은 다 말랐어.

그는 알 수 없는 웃음을 짓고 있었는데, 나는 무엇 때문에 웃느냐는 질문 대신에 그러면 나도 새벽에 일해서 살이나 뺄까? 하고 물었다. 그때 그가 웃었던가. 그날 아테네모텔은 만실이었고, 다른 모텔들도 마찬가지였다. 그래서 우리는 어디로 갔더라. 집에 가기에는 어쩐지 아쉬워서 형을 졸라 늦게까지 영업하는 술집이나 카페에 갔을지도 모르고, 아니라면 밤공기를 맞으면서 걸었을지도 모른다.

태수 형은 K를 오래 만났다. 그를 알고 지낸 기간 동안 내가 네 번의 연애와 그 외에 짧은 만남들을 지나는 내내 그는 K만을 만났다. 심지어 K가 형 이후에 만난 남자와 7개월 만에 결혼을 결심했는데도 그녀를 놓지 못했으니 정말 지긋지긋할 정도로 만난 셈이었다.

두 사람이 함께한 시간이 많이 쌓였다고 해서 그것

과 비례할 만큼의 대단한 서사가 있는 것은 아니었다. 둘은 소개팅으로 만났는데 내가 태수 형과 두 번의 우연한 만남을 통해 친해진 것과 비교하면 상당히 평범한 시작이었다. 참고로 나는 수능이 끝나고 첫 알바로 일한 카페에서 태수 형을 만났다. 그때 형은 갓 제대하고 복학 전 돈을 모으겠다며 나보다 일주일 먼저 들어온 신입이었다. 얼마 안 가 그는 빙판길에서 넘어져 다리가 부러졌고 며칠 입원이 필요했기 때문에 사장은 바로 그의 후임을 구했다. 그러므로 내가 그와 함께 일을 한 기간은 고작 일주일이었다. 우리가 두번째로 만난 건 그해 여름이었다. 난 여전히 그 카페에서 일하는 중이었는데 그가 손님으로 찾아온 것이다. 왼쪽 눈썹 위에 있는 점과 머쓱하게 웃는 표정을 보고 그가 주문을 마치기 전에 누구였는지 기억해냈다. 나는 그에게 음료를 내주면서 유통기한이 임박한 노란색 마카롱 하나를 같이 주었다. 마카롱을 보고 다시 나를 쳐다보는 그에게 오랜만에 오셔서요,라고 했더니 아, 날 기억하네,라고 했다. 그때부터 그가 카페의 단골이 되면서 자연스레 우리도 가까워졌다. 지금 생각하면 나를 이용해 공짜 간식을 먹으려 온 게 아닌가 하는 의심이 들기도 하지만 그마저도 물어볼 수 없게 됐으니 별수 없다.

어쨌거나 형과 K는 소개팅 이후에 영영 만나지 못

할 뻔했다. K에게 동시에 소개받았던 나른 남자가 있었기 때문이다. 어쩌다 그 남자와의 관계가 어그러지면서 다시 형에게로 왔다고, K는 그런 이야기를 아무렇지도 않게 했다. 그 뒤로도 두 사람은 헤어졌다가 다시 만나기를 반복했다. K가 다른 남자를 만나는 동안에도 형은 K가 돌아오기만을 기다렸다.

자존심도 없냐?

운명이야, 운명. 결국에는 매번 다시 만나잖아.

형은 진심으로 K와 자신이 영원히 떨어질 수 없는 운명 같은 관계라고 확신했다.

재회의 횟수를 세는 것도 지겨워졌을 즈음 드디어 형이 K를 정리하겠다고 선언했다. 나의 고민 상담을 위해 만난 날이었다. 우리는 돼지두루치기 가게에서 만났다. 형과 나는 두루치기와 술을 시켜놓고 격투기 방송을 보고 있었다. 그걸 보려고 본 건 아니었다. 그 시간 식당에 손님은 우리밖에 없었고, 혼자 일하시던 육십대의 아주머니 사장님이 보고 계시기에 같이 본 것이었다. 난 저건 죽어도 못 하겠다, 맞다가 죽는 거 아니야, 그래도 재밌긴 해. 뭐, 그런 얘기를 하다가 넌지시 나의 망가진 신체 기능에 대해 말을 꺼냈다. 그즈음 난 성욕이 거의 사라지다시피 한 상태였다. 이유는 모르겠는데 의욕이 없다, 이대로 평생 못 하면 어떡하나, 걱정을 했더니 형이 그건 자신감이 떨어졌기 때문이라고 했다.

문제는 몸을 너무 안 쓴다는 거야.

그는 취업도 하고 돈도 벌면 자연스레 해결될 문제라고 빠르게 결론을 냈다. 그러더니 난 제발 좀 안 하고 싶은 몸이 되고 싶다,라고 중얼거리다가 이제 개랑 진짜 끝낸다,라고 낮게 속삭이듯 말했다.

뭐라고?

내가 잘못 들었나 싶어서 다시 물었더니 이제는 정말 끝난 것 같다며 힘 빠진 소리로 말했다.

계속 연락하면 죽을 거래.

K가 이제 이 관계도, 너도, 사는 것도 다 지겹다면서 죽지 않으면 끝이 나지 않을 것 같다고 했다는 것이다. 보통 그런 협박은 관계에 매달리는 쪽에서 하는 게 아닌가. K의 말에 덜컥 겁이 난 그는 경찰에 신고를 했고, 경찰이 K의 집을 찾아가 그녀가 안전한지를 확인한 후에야 소란은 일단락됐다. 몇 시간 뒤에 K는 형에게 전화를 걸어왔다. 전화를 건 K도, 전화를 받은 형도 한참 동안 말이 없었다.

우리 서로 죽었다고 생각하면서 살자.

먼저 말을 꺼낸 것은 K였다. 형은 묻고 싶은 게 많았다. 진짜 사랑하기는 했니, 정말 안 보고 살 자신 있니,

그런 것들이 궁금했지만 답을 듣는 것은 두려웠다. 나는 조용히 그의 말을 듣다가 물었다.

그래서 뭐라고 했어?

그냥 웃었지, 뭐.

웃음이 나와?

그럼 어쩌겠어.

우리가 잠시 말이 없어진 사이에 아주머니는 TV 소리를 키웠다. 조용히 하라는 무언의 압박 같았다. 중계 화면 속에서는 두 선수가 여전히 서로를 노려보고 피하고 때리면서 피를 흘리고 있었다. 경기를 보는 아주머니의 눈치를 보면서 형이 조용히 물었다.

그런데 걔가 죽어도 난 장례식장에 가면 안 되겠지?

그가 힘 빠진 목소리로 물었다.

가서 뭐 하게.

그치, 이젠 상관없는 사람인데.

그러다가 또 그가 물었다.

너 죽으면 내가 그걸 알 수 있을까.

모르겠지, 모를 거야. 생각해보니 그랬다. 같은 학교를 나온 것도 아니고 같은 동네에 사는 것도 아니고 같은 교회를 다닌 것도 아니었다. 그렇다고 공통의 지인이 있는 것도 아니니, 그와 나의 연결 고리는 둘 중 누구 하나라도 죽으면 끊어질 것이었다. 마치 그의 정부라도 된 기분이었다.

장례식장에 내가 있는 것도 아닌데 뭐 하러 와.

그래도 못 가면 섭섭하지.

형이 서운한 기색을 보여서 그러니까 있을 때 잘하라고 잔소리를 했다. 형은 그래도 그건 아니지, 우리 사이에 그건 아니지,라며 어떻게든 장례식에 찾아가겠다고 했다. 그리고 술이 취할수록 로또 맞는 꿈을 꿨다느니, 회사를 그만두고 사업을 하겠다느니 헛소리를 하다가 어느새 다시 K의 이야기로 돌아와 알아듣지 못할 욕을 중얼거리면서 혼자 키득거리기도 했다. 오늘도 멀쩡히 집에 가기는 글렀구나, 생각하면서 형이 테이블에 엎드려 잠들 때까지 아주머니와 함께 격투기 방송을 봤다.

태수 형은 개를 키우기 시작했다. 당연한 수순이었다. 헤어진 직후에는 일에만 매달리더니 그다음에는 여자들을 만나고 다녔다. 그래봤자 소개팅이 전부였지만 그것만으로도 희망적이었다. 언젠가 한번은 그를 클럽에 데려갔다. 가기 전부터 형은 많이 긴장돼 보였다. 이번이 처음이라고 했다. 클럽에 들어서면서 형은 내 귀에 대고 오늘 완전 방탕하게 놀 거다,라고 선언했으나 정작 여자와 같이 나온 것은 나였다. 물론 그날은 아무 일도 벌어지지 않았다. 내 몸에서 아무 반응도 일어나지 않았다는 뜻이다. 형의 말대로 자신감의 문제일지도 몰랐다. 나는 그녀에게 감기에 걸려서 몸이 좋지 않다고 대충 둘러대고 해장국집에 가서 술을 마셨다. 이후에 그녀와 몇 번의 데이트를 더 했고, 팬티를 선물 받았다. 비싼 브랜드였다. 그런 선물을 한다는 건 이젠 때가 됐다는 신호였다.

이거 비싸잖아.

좋은 거 입으라고.

나도 좋은 거 많은데…… 내가 말끝을 흐리자 그녀가 웃었다. 그리고 바로 모텔로 갔다. 방을 잡고 엘리베이터를 타고 올라가는 그녀와 나의 행동이 자연스러워서 연인인 것 같은 착각이 들었다. 나는 샤워를 하고 그녀가 준 팬티를 입었다. 그녀가 나를 보고 말했다. 예쁘다. 팬티가? 아니, 몸이. 몸이 예쁘다는 말은 처음이었다. 그래서 그랬나. 그녀가 예뻐 보였다. 그런데 거기까지였다. 서로가 서로를 예쁘다고 말해도 몸은 그렇게 느끼질 못하는 것 같았다. 한참 동안 내 밑에서 손으로 애쓰던 그녀가 왜 이렇게 안 돼, 하더니 돌아누웠고, 나는 그녀의 뒤통수를 보면서 예쁜 것도 아무 소용 없구나, 하고 생각했다. 난 그녀가 잠들었을 때 팬티를 들고 먼저 나왔다. 도무지 아침에 얼굴을 마주할 자신이 없었다. 나오기 전에 그녀에게 메모 하나를 남겨두었다.

어젯밤은 미안해

예쁜 너라면 이해해주겠지

버스를 타고 돌아오는 길에 문자를 받았다. 거지새끼. 거지 취급이 차라리 편했다. 그 뒤로 나는 형과 두어 번 정도 더 클럽에 갔지만 둘 다 술만 마시다 돌아왔다.

여자 만나기를 포기한 형은 한 친구로부터 강아지를 분양받았다. 새끼라 그런지 귀엽기는 했다. 기관지가 약해서 개는 절대 안 된다던 그의 아버지와 이 나이에 또 자식을 키우긴 싫다던 그의 어머니는 형보다 빠르게 사랑에 빠졌다. 개 덕분인지 부모님이 덜 싸운다는 얘기도 했다. 늦둥이가 금실에 좋아,라며 멍청하게 웃었다. 사람과 짐승이 한 지붕 아래에 있는 건 용납할 수 없다고 못을 박은 우리 집에서는 상상도 못할 일이었다. 가끔 그의 집 근처로 가서 개와 같이 산책을 하기도 했는데 애교를 부리는 걸 보면 나도 한 마리 들여볼까 싶다가도 배변 봉투를 들고 다니며 개의 똥을 치우는 그의 모습을 보고 있자니 살아 있는 걸 키운다는 일이 엄두가 나지 않았다. 그는 개를 키우면서 돈을 더욱 아끼기 시작했다. 개에게는 물 쓰듯 쓰면서 자신에

걷기의 활용

게는 야박했다. 개가 조금 크면 유치원에도 보내야 하고 주기적으로 미용도 시켜야 한다고 했다. 사람 키우는 것만큼 힘이 든다며 보통 일이 아니라고 고개를 내저었다. 그래도 나에게는 밥도 잘 사고 술도 사줬다. 그리고 가끔은 집에 갈 택시비를 주기도 했다. 나한테 왜 이렇게 잘해주느냐 물으면 자신은 원래 그런 사람이라고 했다.

대신에 그에게 술을 얻어먹으려면 의무적으로 개 사진을 봐야 했다. 하루가 다르게 커간다며 수백 장의 사진을 눈이 빠지도록 보여줬다. 그중에 웨딩드레스를 입은 K의 사진도 껴 있어서 보게 됐다. 그녀의 SNS에서 캡처한 것이었다. 대체 이런 사진은 왜 갖고 있냐고 추궁하니 형은 그냥 한번 본 것이라고 변명했다. 내가 형의 휴대폰 앨범에서 K의 사진을 전부 찾아 지우는 동안 그는 별다른 저항 없이 어깨를 움츠린 채로 소주잔만 만지작거렸다. 나는 그날 술맛이 떨어져서 평소보다 일찍 형과 헤어졌다. 그리고 돌아오는 버스에서 내내 K를 생각했다. 드레스를 입은 K는 형과 만날 때와는 다른 얼굴을 하고 있었다. 뭐랄까, 밝아 보였다. 어쩌면 원래 그런 사람이었을 수도 있다. 나는 내 여자도 아니었던 K의 생각에 빠져 있느라 내려야 할 곳을 지나쳐버리고 말았다. K는 여러모로 나쁜 여자인 것 같았다.

　형이 K와의 이별을 극복하던 시기에 나도 나름대로 고뇌의 시간을 보내고 있었다. 그맘때 나는 자주 걸었다. 지금도 그렇지만 그때도 그랬다. 당시에는 걷는 것이 일이었다. 먹고사는 일이라는 게 아니라, 내 힘으로 할 수 있는 것이 그것뿐이어서 남들이 노동을 하듯 하루 종일 걸었다. 진짜 돈이 되는 일을 하려고도 해봤으나 뜻대로 되지 않았다. 저런 시골에는 사람이 없어서 난린데. 언젠가 뉴스를 보던 아빠가 그런 식의 말을 우물거리는 걸 들었고 옆에 있던 엄마가 아빠의 허벅지를 손등으로 툭 치는 걸 보았다. 나는 그게 하우스에서 오이였나 뭔가를 재배한다던 뉴스에 나온 그 사람을 걱정하는 말이 아니라는 것쯤은 알아서 잠자코 있었다.

　어쨌거나 한 반년 동안은 다른 일은 하지 않고 걷기만 했다. 처음에는 집 주변만 걷다가 나중에는 먼 곳까지 나가보기도 했다. 걷다 보면 별별 생각이 다 들었다. 앞으로 뭐 해 먹고살지,로 시작한 고민은 80세 노인이 된 미래까지 갔다가 결국에는 다시 오늘 저녁에 뭐 먹지, 하는 생각으로 돌아왔다. 그리고 집에 돌아올 즈음에는 기력이 떨어져서 아무 생각도 들지 않았다.

그렇게 수개월을 걷다 보니 어느 순간부터는 다른 도시도 가보고 싶다는 충동이 들었다. 계속 한곳에만 있다가는 진짜로 도태될 것 같았다. 밖에 나가서 고생 좀 하다 보면 정신이 맑아질지도 모를 일이었다. 돌아오면 그때는 무슨 일이든 하겠다는 마음이었다.

떠나려면 돈을 모아야 했다. 나는 집에서 다달이 30만 원씩을 받고 있었다. 밥은 집에서 먹으면 되었고 태수 형 말고는 만날 사람도 없으니 딱히 돈 나갈 일도 없었다. 대신에 휴대폰 요금과 노트북 할부금을 내야 했는데 그 두 가지 항목만으로도 벌써 절반이 사라졌다. 모으기 위해서는 최대한 아껴야 했다. 그래서 당분간 취향 개발을 위한 전반적인 활동은 줄이기로 했다. 카페나 영화관에 가는 횟수를 줄이고, 간간이 사던 카세트테이프나 옷은 아예 사지 않기로 마음먹었다. 이미 마이너스인 삶에서 더 뺄 것들이 있다니, 이상했다.

언젠가부터 돈이 모이기는 했다. 외국을 갈 수 있는 만큼은 아니었지만, 그래도 버스나 기차로 연결된 국내로는 떠날 수 있었다. 어디를 가야 하나. 몇 날 며칠을 고민해도 답이 나오지 않아 태수 형에게 전화를 걸었다. 그는 갈 곳을 추천해주는 대신에 잔소리를 늘어놓았다. 군이 돈을 들여서 다른 데로 가야 하느냐, 차라리 운동을 하고 외국어 공부라도 해보는 것이 좋지 않겠냐며 누구나 할 법한 조언들을 했다. 두 계절만 지나면 곧 서른이 되는 무직의 남자에게 가장 필요한 것은 모험이 아니겠냐고 했더니 그제야 형도 수긍했다. 그러고는 경비에 보태라며 돈을 보내왔다. 나는 형에게 언제든 지루해지면 내가 있는 곳으로 찾아오라고 했다.

떠나던 날 아침에 일어나니 가족들은 출근을 하고 없었다. 우물대다가는 가기 귀찮아질까 봐 바로 짐을 쌌다. 3일 치 속옷과 티셔츠 두 장, 여벌의 바지를 가방에 넣었다. 그리고 누나가 쓰다가 피부에 맞지 않는다며 나에게 주었던 화장품도 챙겼다. 그게 다였다. 짐을 챙긴 후에 빠르게 씻고 옷을 갈아입었다. 책상과 의자 위에 널려 있던 옷들은 세탁 바구니에 던져 넣었다. 내가 던져둔 옷더미 속에서 돌돌 말려 거의 뒤집혀 있는 팬티가 보였다. 클럽에서 만난 여자가 준 그 팬티였다. 난 팬티의 말린 부분을 펴서 다른 빨랫감들 위에 단정하게 올려두었다. 이 정도면 엄마도 내 성의는 알겠지. 그리고 그녀에게 했던 것처럼 가족들에게도 짧은 메모를 남겼다.

당분간 떠나 있을 예정입니다

생각할 시간이 필요합니다

누나, 급하면 전화할게

메모를 식탁 위에 두고 돌아서는데 밥솥이 보였다. 보온 상태였다. 새벽 5시에 일어나서 쌀을 씻고 밥을 짓는 엄마는 내가 점심과 저녁까지 먹을 양을 계산했을 것이다. 오늘은 찬밥이 생기겠네. 나는 작별을 하듯 빈집을 천천히 둘러본 후에 밖으로 나왔다.

나는 여러 도시를 떠돌았다. 광역버스와 시내버스를 번갈아 타면서 이동했다. 가끔 내킬 때는 고속 터미널로 가 가장 빨리 출발하는 표를 사서 돌아다니기도 했다. 식사는 주로 식빵과 물로 때웠다. 걷다가 너무 지치면 가끔 국밥도 사 먹었는데 그러면 꽤 오래 버틸 수 있었다. 집에 있을 때보다 부실하게 먹어서 살이 빠지긴 했어도 종일 운동을 하니 체력은 더 좋아진 느낌이었다. 잠은 모텔에서 잤다. 새로운 도시에 도착하면 제일 저렴한 모텔을 찾는 것이 일이었다. 숙소를 잡으면 가장 먼저 태수 형에게 위치를 알렸다. 그때마다 형은 조만간 찾아가겠다는 답장을 보내왔다.

전주에 갔을 때는 전 여자친구를 만났다. 그녀는 오래전에 결혼을 해서 이미 다섯 살짜리 아이가 있었다. 전주에 왔더니 생각이 나서,라는 연락에 그녀는 커피를 마시자고 했다. 나는 꽃집에서 장미 한 송이를 샀다. 포장도 없이 꽃만 덜렁 들고 가서 그녀에게 건넸더니 웃었다. 우리는 두 시간 동안 많은 이야기를 했다.

주로 과거에 대한 이야기였다. 그녀는 아이의 사진도 몇 장 보여주었다. 대화의 말미에 그녀는 앞으로 무슨 일을 할 계획이냐고 물었다. 계획은 없고 우선은 여행을 더 할 예정이라고 했다. 그것도 좋지. 그녀가 고개를 끄덕였다. 우리는 카페 앞에서도 바로 헤어지지 않고 몇 마디 더 나눴다. 그러다 이제는 정말로 가려는 그녀에게 문득 나 좀 무섭다,라고 했다.

　다른 사람들도 다 그래. 나도 그래.

　그녀가 말했다. 그래서 정말 그래?라고 물었더니 정말 그렇다고 했다. 그러고는 내가 준 장미꽃을 들고 천천히 멀어졌다.

　내가 부산으로 이동했을 때야 비로소 태수 형이 찾아왔다. 하루 휴가를 쓰고 주말을 붙여 3일을 같이 보내기로 했다. 그는 내가 미리 잡아둔 숙소에 짐을 풀었다. 나는 언젠가 형이 놀러 올 것을 대비해 그가 준 돈을 한 푼도 쓰지 않고 있었다. 우리는 그 돈으로 실컷 먹고 마시고 돌아다녔다. 나는 미리 알아두었던 산책 코스를 소개해주고 형과 함께 종아리가 터지도록 걸어 다녔다.

　나는 오랜만에 재대로 대화할 수 있는 사람을 만나서 많이 들떠 있었다. 그는 신난 내 모습이 마치 자기

네 개 같다고 했다. 모르긴 몰라도 아마 그 개보다 내가 더 신났을 것이다. 나는 그동안 어디를 돌아다녔는지, 무슨 일이 있었는지에 대해 쉴 새 없이 떠들었다. 전주에서 만난 전 여자친구 이야기도 했다. 형은 귀찮았을 텐데도 인내심 있게 들어주었다.

우리는 술집에서 술을 마시다가 취기가 오르면 바다로 나가서 바람을 견디며 또 술을 마셨다. 겨울이 오기 직전이라 털이 바짝 서도록 추웠지만 옷을 껴입으면 그런대로 견딜 만했다. 우린 그다음 날도 계속해서 걸었다. 형도 걷는 것을 좋아해서 다행이었다.

부산에서의 두번째 밤에 우리는 걷고 마시고 먹다가 숙소로 돌아와 대충 씻고 누웠다. 나는 형에게 침대를 양보하겠다고 했지만 그는 거절했다. 바닥에 드러누운 형은 이렇게 딱딱한 면에 등을 대고 누워 있으면 몸이 어떻게 생겼는지, 어디가 얼마나 휘었는지 알 수 있다고 했다.

너도 누워봐. 이러면 세포 하나하나가 다 느껴져.

그건 K가 했던 말일 것이라 짐작했다. 나는 세포 따위는 바닥이 아니어도 느낄 수 있다며 거절했고, 어느 순간엔가 잠들었다. 얼마간 잠에 빠져 있던 나는 형이 흐느끼는 소리에 눈이 떠졌다. 아마도 K 때문이겠지. 그녀가 임신한 사실은 또 어떻게 알아냈는지, 그 얘기로 저녁 내내 술주정을 했었다.

왜 울고 그러냐.

나는 고개를 들고 형의 상태를 살폈다. 내 쪽으로 등을 보이고 누워 있는 형은 몸을 잔뜩 웅크린 채로 덜덜 떨고 있었다.

개가 아니면 난 하나도 쓸모가 없는데……

입에 침이 고여서 알아듣긴 힘들었지만 그런 내용 같았다. 난 이번에는 아예 상체를 세우고 일어났다. 형은 울면서 말을 이어갔다.

무서워. 늙어서 마를까 봐. 마른 노인이 될까 봐 그게 무섭다.

그 말을 듣는데 심장이 내려앉는 기분이었다. 매일 웃기만 하던 사람이 그런 말을 하니까 덜컥 불안해졌다. 주인 잃은 개처럼 떨고 있는 형을 안심시켜야겠다고 생각했다. 여기 내가 있다고, 나 같은 인간도 있다고 알려주면 위로가 될지도 몰랐다. 나는 바닥으로 내려가 그의 어깨에 손을 얹었다. 불규칙한 진동이 느껴졌다. 나는 느리지만 자연스러운 움직임으로 뒤에서 그의 등을 포개고 누웠다. 등을 들썩이며 온몸으로 우는 형 때문에 명치 어딘가가 울렁거리는 기분이 들었고, 그래서 형을 더욱 세게 끌어안았다. 그러자 갑자기 피가 빠르게 밑으로 쏠리고 머리가 어지러웠다. 그렇

세 그를 안고 있는 짧은 시간 동안 내가 왜 이러는 걸
까, 하는 생각 같은 건 할 수 없었다. 모든 괴로움을 쏟
아낸 후에야 형의 울음은 서서히 잦아들었다. 이렇게
매일 같이 있으면 형도 외롭지 않겠지. 슬프지 않겠지.
어쩌면 위로를 받은 건 내가 아닐까. 그런 생각들이 두
서없이 쏟아지는데 형이 갑자기 내 몸을 강하게 밀쳐
내며 나를 위아래로 훑어보았다. 지금 뭐 하는 거냐고
소리를 지른 것 같은데 귀에서 심장 소리가 크게 울려
서 그가 하는 말이 잘 들리지 않았다. 나는 무엇인가
계속 말하고 있는 형을 무시하고 정신없이 겉옷을 걸
쳐 입고 밖으로 나왔다. 모텔에서 최대한 멀리 달아나
야 했다. 날이 밝고 다시 방으로 왔을 때는 쪽지 한 장
만 남겨져 있었다.

  먼저 갈게, 서울에서 보자

  나는 그 쪽지를 찢어서 버린 후에 바닥에 누워 아주
오랫동안 잠을 잤다.

  태수 형을 마지막으로 만난 것은 같이 부산 여행을
다녀온 후 한 달이 지났을 무렵이었다. 그날 우리는 한
삼겹살 가게로 들어갔는데 단체 손님 때문에 나와야
했다. 대학생으로 보이는 무리가 똑같은 티셔츠를 입
고 가게를 가득 채우고 있었다. 우리는 바로 옆에 있는

치킨집으로 들어가 프라이드와 양념을 반반씩 시키고 소주와 맥주를 주문했다.

좀 먹어.

그는 치킨 접시를 내 쪽으로 밀어주었다. 난 입맛이 없네, 하고 혼자 술을 따라 마셨다. 나는 형을 똑바로 바라보지도 못한 채로 부산에서의 밤을 생각하고 있었다. 형은 그런 나를 가만히 보다가 잘 지냈냐,고 운을 뗐다. 그리고 불편하더라도 부산 일을 정리해야 잘 지낼 수 있을 것 같다고 했다. 옆 가게에서는 누군가 확성기로 떠드는 소리가 났다. 대학생들은 곧 해산하려는 것 같았다. 오늘 생각보다 수요가 많았네요. 다들 찾아와주셔서 감사합니다. 형은 확성기 소리가 잦아들기를 기다리다 또다시 그런데 왜 그랬니,라고 물었다. 그 말에는 여러 의미가 담겨 있어서 그중에 어떤 걸 의미하는지 생각하느라 조용히 있었다. 내가 말이 없자 그는 다시 물었다.

내 잘못인가? 내가 오해할 행동을 한 건가……

그건 건방진 말이라고 생각했다. 나는 대답하지 않았다. 침묵이 길어졌다. 그는 술을 한 잔 마셨다.

우리 친구로 지내자.

내가 뭘 하자고 한 것도 아닌데 그런 말이 왜 나오나. 내가 또 말이 없으니 그가 말했다.

걷기의 활용

그러면 네가 원하는 게 뭐야? 말해봐.

원하는 거, 같은 건 별로 없었다. 그냥 잘 지내는 거. 일하는 거. 남들처럼 사는 거. 뭐 그런 거. 내가 잠시 생각하는 사이에 확성기 소리가 공백을 메꿨다. 우리 모임의 전통이죠. 제가 선창하겠습니다. 확성기를 든 남자가 노래를 부르기 시작했고, 다른 사람들도 약속이라도 한 듯이 화음을 넣었다. 목소리가 쌓이면서 노랫소리가 점차 커졌다. 나는 그 소리를 들으면서 무언가 말을 하려고 했는데 무슨 말부터 해야 할지 감이 잡히지 않았다. 설명이 필요할까, 변명을 해야 할까, 고민하는데 형이 참지 못하고 먼저 말을 꺼냈다.

우리 예전에는 좋았잖아.

그 말을 하는 형은 어색하게 웃고 있었다. 지금까지 본 웃음과는 달랐다. 뭐랄까. 울 것 같기도 하고 미안해하기도 하는, 사람을 무참하게 만드는 미소였다. 나는 결국 아무 말도 하지 못하고 그대로 일어나 밖으로 나왔다. 옆 가게의 사람들은 더 크게 노래하고 있었다. 나는 그들의 화음을 들으면서 골목을 벗어나 그에게서 멀어질 때까지 고개를 숙이고 빠르게 걸었다.

나는 요즘에도 틈틈이 걷는다. 예전에도 그랬지만 지금도 그렇다. 이제는 남들처럼 노동을 하지만 시간이 날 때면 노동을 하듯이 성실히 걷는다. 걷다 보면 많은 사람을 지나치는데 그중엔 자전거를 탄 노인들도 있다. 때때로 그들을 보면서 혹시나 아테네모텔 앞에서 버려진 것들을 골라내던 그 할머니가 아닐까 유심히 살펴보지만 그날의 그 얼굴은 기억나지 않고, 다만 건진 것 없이 빈손으로 돌아서던 뒷모습만이 그들의 모습과 겹쳐져서 조금 쓸쓸해질 뿐이다. 그러면 나는 또다시 걷는다. 그렇게 한참을 걷다 보면 생각이 많아지고 점점 머리가 무거워져서 목이 구부정하게 앞으로 빠지는데, 치킨집에서 나와 도망치듯이 걷던 그 자세가 되곤 한다. 자세는 생각보다 많은 감정을 기억해서 곧잘 그날의 기분에 빠져버렸다.

치킨집 그날 이후로 나는 태수 형을 만나지 않았다. 내 잘못인가. 난 여전히 그의 그 말이 괘씸하다. 누군가의 잘못으로 인해 누가 누구를 좋아하게 된다는 것이 말이 되는 말인가. 사람이 사람을 좋아하는 일이 잘못인가. 그렇다면 그것은 내 잘못인가. 그렇게 질문이 돌고 돌다 보면 잘못한 사람은 아무도 없는데 왜 아직도 이런 생각을 하고 있나, 하는 마음이 든다.

태수 형은 몇 년 전에 죽었다. K만이 유일한 삶의 목적인 것처럼 굴던 그는 자신을 따르던 개도 남겨두고 아주 젊은 나이에 스스로 사라진 것이다. 나는 그의 장례식에 조대받지 못했다. 그가 죽었다는 사실조차 한참 뒤에 알았다. 나에게 형의 죽음을 알려준 것은 K였다. K도 다른 사람에게서 전해 들었다고 했다.

태수가 원래 좀 그랬잖아.

K는 예전부터 그가 겉으로는 웃고 있어도 항상 불안을 안고 사는 사람이었다고 했다.

형이 원래 그랬나요?

K는 조용히 고개를 끄덕였다. 아닌데, 내가 아는 태수 형은 그런 사람이 아닌데…… 어쩌면 형에 대해 아무것도 몰랐을 수도 있다고 생각하니 억울했다. 대체 우리 사이에 왜 그랬나. 그런 일이 있기 전에 왜 나한테 말하지 않았을까. 이제는 따질 수도 없다. 당연히 마른 노인이 되어 죽을 줄 알았던 그가 없어지고 나니 당연한 것은 없구나, 그런 것을 깨달았을 뿐이다.

돌이켜 보면 형과 마지막으로 만났던 그날은 비가 온다는 예보가 있었다. 나는 집을 나서기 전에 우산을 챙길까 말까 고민하다가 비가 오면 맞겠다는 심산으로 그냥 나갔다. 그래서 비가 왔었나. 치킨과 술과 형을 남겨두고 가게에서 나와 대학생들이 떼 지어 있는 삼겹살집을 지나고 모텔들이 있는 골목을 빠져나오는 동안에 나는 뭔가를 맞았던 것 같은데 그게 비였는지 눈이었는지 모르겠다. 비가 올 정도로 따뜻하지는 않았고 눈이 올 정도로 춥지는 않아서 물과 결정, 그 중간의 어떤 것이었을지도 모른다.

그러니까 나는 걷다 보면 태수 형과 K와 눈 같은 것들이 떠오른다. 네가 원하는 게 뭐야,라고 묻던 그의 입술도 생각한다. 원하는 거. 글쎄, 남들처럼 살다가 남들처럼 죽는 거. 말라비틀어지든 머리털이 다 빠지든 그게 어떤 모습이든 노인이 됐다가 사라지는 거. 그런 거를 당신이랑 같이 겪는 거. 그때 미처 하지 못한 대답을 혼자서 정리하고 다듬고 덜어내다 보면 그런 바람들만 남는데 그 말을 그때 하지 못했다는 것이, 나는 그게 가장 슬프다.

걷기의 활용

인
터
뷰

권희진×이소

이소   권희진 작가는 올해 『조선일보』 신춘문예를 통해 첫 소설을 발표했습니다. 〈소설 보다〉를 통해 첫인사를 드리게 되어 반갑습니다. 그동안 일상에서도, 창작 활동에서도 많은 변화가 있었을 텐데 근황이 궁금합니다.

권희진   이번 기회를 통해 더 다양한 독자분들에게 저의 소설이 닿을 수 있어서 기쁩니다. 말씀대로 등단 후에 약간의 변화가 있긴 했습니다만 그마저도 미세한 것이라 여전히 비슷한 일상을 이어가는 중입니다. 그래도 제일 큰 변화라고 하면 아마도 소설을 쓰는 마음가짐이겠네요. 제 글이 어느 누군가에게 영향을 줄지도 모른다는 생각이 들었거든요. 단순히 즐거움으로만 쓰던 때와 다르게 이제는 방향성에 대해 조금 더 진지하게 고민하는 것 같습니다. 그 외에는 비슷합니다. 여전히 소설 쓰는 일은 재밌으면서도 괴롭고, 합평 후에는 좌절도 하고, 일도 하면서 지냈습니다.

이소   소설은 '나'가 산책 중인 남자를 바라보는 장면으로 시작하여, 태수와 함께 했거나 함께 하지 않았던 '나'의 산책을 회상하는 방식으로 진행됩니다. 마치 되새김질처럼 불가항력적으로 이루어지는 '나'의 걸음을 따라, 소설은 구불구불 이어지는 아주 길고 느린 산책의 동선을 그립니다. '나'의 걸음은 일정에 따라 목표를 완수하고 돌아오는 여행이 아닌, 그렇다고 정해둔 종착지 없이 끝까지 나아가는 자유로운 방랑도 아닌, 훌쩍 몸을 털고 일어서면 시작되지만 어딘가로 기어이 돌아오고야 마는, 그다지 편안하지도 그다지 자유롭지도 않은 걸음입니다. 지금도 여전히 '나'는 걷고 있겠지요. 더는 태수에게 닿을 수 없는 물음들을 품은 채 멈출 수 없는 걸음을 걷고 있는 '나'를 길 위에 남겨둔 것만 같아 조금 쓸쓸해집니다. 그러니 반칙 같은 질문이지만, 소설이 끝난 후 '나'가 걸어갈 길에 대해 살짝 알려주시면 좋겠습니다.

권희진 이 질문을 받고 정말 오래 고민했습니다. 단편소설이란 현재진행형인 삶에서 한 부분을 떼어다가 조명하는 것이라 생각했고, 그렇기에 섣부르게 결론을 내리기보다는 결말 이후에 대해 여러 가능성을 남겨두고자 했거든요. 그래서 '나'가 걸어갈 길에 대해서도 읽어주시는 분들이 정하도록 맡겨두고 싶었습니다.

그런데 조금 더 깊이 들여다보니 실은 내 안에서조차 아직 갈피를 잡지 못했기 때문이 아닌가, 하는 생각도 들었습니다. 상황과 생각과 감정은 고정되는 것이 아니니까요. 이 글을 쓸 때의 기준으로 '나'의 길에 대해 말씀드리자면, '나'는 지금껏 그래왔듯이 계속 걸어갈 것 같습니다. 걷는 목적이나 방향은 수시로 변합니다. 어느 순간에는 일이 될 수도 있고, 또 어느 순간에는 사랑이 되기도 할 겁니다. 그 과정에서 '나'는 자주 허무를 느끼겠죠. 의지와 다르게 원하지 않는 길로 빠지기도 하니까요. 그럼에도 그 안에서 실컷 방황하다가 다시 다른 길을 찾아내고, 걷는 행위를 멈추지 않을 것 같아요. 지나고 보니 '나'에게 중요한 것은 '걷기의 완성'이 아니라 '걷는 일을 이어가는 것' 그 자체였다는 사실도 깨달을 테죠. 종종 '나'를 멈춰 세우는 요소들이 있겠지만 그것이 '나' 자신이 되지는 않았으면 좋겠네요. 앞으로도 계속 걸어갔으면 합니다.

이소   목적지 없이 걷는 행위는 '나'와 태수의 관계와도 유사해 보입니다. '나'는 "내가 알고 있는 것들은 거우 이 징도뿐이라"고 말하지만, '나'가 알고 있는 것들, 예컨대 예전에는 파랑을 좋아했지만 결국 초록을 좋아하게 되었다는 것이나 잠버릇 때문에 오른쪽 팔자 주름이 깊다는 사실들은 오랫동안 애정을 갖고 지켜봐야만 알 수 있는 것들입니다. '나'가 태수와 함께 보낸 시간 역시 그렇습니다. 모든 것이 멈춘 고요한 시간인 줄 알았지만 택배 기사는 세탁된 수건을 나르고 자전거를 탄 할머니는 폐지를 모으는 새벽처럼, '나'에게 태수와의 시간은 하늘로 떠오르는 눈송이로 기억되지만 실은 비인지 눈인지조차 알 수 없는, "비가 올 정도로 따뜻하지는 않았고 눈이 올 정도로 춥지는 않아서 물과 결정, 그 중간의 어떤 것"에 가깝습니다. 어쩌면 눈이었지만 걷다 보니 물이 되어 흘러내렸을지도, 어쩌면 추웠지만 걷다 보니 따뜻해졌을지도 모르겠습니다. 몇 번이고 걸음을 멈출 만큼 좋았던 산책도 그 길을 함께 하지 않은 사람에겐 그저 사소한 산책으로 요약될 수 있듯이, '나'가 태수를 향해 기울였던 감정의 파고 역시 누군가에게는 에두르고 맴돌기만 했던 서툰 걸음 정도로 보일 것입니다. 두 사람 사이에 존재한 것이 사랑은 아니었다고 해도 틀린 말은 아닐 텐데요. 그러나 두 사람이 나누었던 낮도 밤도 아닌 그 마음을 물질의 형상으로 전환한다면 걷기 그 자체일 것이고, 저는 이것을 사랑이라 하지 않을 도리가 없습니다. 그 마음에 대해 조금 더 듣고 싶습니다.

권희진　사랑이었다,라고 쉽게 답변드릴 수도 있지만 그전에 '사랑'에 대한 개인적인 의견을 말씀드리고 싶어요. 사랑이 감정이라고 생각하던 때가 있었습니다. 증오나 열정처럼요. 그리고 서서히 달궈지는 것이 아니라 한 번에 끓어오르는 것, 그래서 노력이 필요 없는 감정이라고 말입니다. 네, 요즘 말(?)로 어떻게 표현하는지 모르겠지만 '금사빠' 기질이 있었습니다. 나이가 들고 많은 사람을 겪어오면서 제가 생각하는 사랑의 정의도 많이 바뀌었어요. 상대를 향해 일어나는 모든 감정을 내 마음이라는 그릇에 기꺼이 담아낼 수 있는 행위가 사랑이 아닐까 생각합니다. 저마다 그릇의 '모양'은 제각각이겠지만 감정들을 최대한 많이 담으려면 꽤 커야겠지요. 많은 용기와 의지가 필요한 일입니다. 말하고 보니 영화 「인사이드 아웃」의 교훈처럼 들리기도 하네요.

'나'는 태수가 떠난 이후에도 그에 대한 자신의 마음을 정의내리기 위해 끊임없이 생각합니다. 태수를 떠올리면 감정이 시시각각 변하기 때문에 좀처럼 마음을 정하기 어렵습니다. 자신을 두고 떠난 태수가 한없이 밉다가도 과거의 그에게서 자신이 겹쳐 보이며 연민의 감정도 듭니다. 자신조차 종잡을 수 없는 감정들로 인해 '나'는 혼란스러워 합니다. 상대의 마음을 얻지 못했기 때문에 그런 건 사랑이 아니야,라며 비관적으로 생각할지도 모르겠습니다. 다만 저의 관점으로 보자면 '나'의 이러한 고뇌마저 모두 사랑처럼 보입니다. 그랬으면 하는 바람이기도 합니다. 자신 안의 감정들을 긍정하고 어느 순간에는 더는 아프지 않았으면 하기 때문입니다.

이소 K가 태수의 죽음을 알려주며 했던 말을 떠올려 보면, '나'가 아는 태수와 K가 아는 태수는 전혀 다른 사람처럼 느껴집니다. '태수에 대한 K의 말' 위에 'K에 대한 태수의 말'을 포개어보면, K의 비관적인 성향 탓이라고 여겨졌던 많은 부분이 실은 태수의 불안에서 유래했거나, 태수에게 K의 사랑이 운명이었던 것과 달리 K에게 태수

의 사랑은 '전쟁 같은 사랑'이었을지도 모른다는
생각이 듭니다. 언제나 우리는 우리를 오해하겠
지요. 모든 이해가 모종의 오해이고 모든 오해가
일종의 이해인 것처럼, '나' 역시 K만큼이나 태
수를 이해하고 또 오해했을 것입니다. 다만, '나'
가 태수의 생각보다 훨씬 뜨거운 사람이었던 것
처럼, 태수 역시 '나'의 생각보다 훨씬 외로운 사
람이었을 것입니다. '나'와 태수, 그리고 언제나
그 사이 끼어 있던 K, 세 사람의 관계에 대해 자
세히 듣고 싶습니다.

권희진 "모든 이해가 모종의 오해이고 모든 오해가 일
종의 이해"라는 말이 와닿습니다. 세 사람을 그
리면서 가장 많이 했던 고민이 '이해'와 '오해'였
거든요. 사람들은 자기 자신에 대해 잘 안다고
생각하지만 실제로 그건 매우 어려운 일인 것 같
습니다. 어쩌면 평생의 과제일 수도 있겠네요.
 '나'와 태수, K는 서로를 이해하기 위해 노력
한 사람들인 것 같아요. 타인을 이해하려는 노력
은 시간과 관심이 필요한 일이잖아요. 그런 의미
에서 그들이 한 노력은 사랑의 한 종류가 아니었
을까 생각합니다. 다만 자신을 이해하는 방식으

인터뷰 권희진×이소

로 타인을 해석하려다 보니 오해를 낳기도 헸지만요. 그렇다고 그러한 노력이 헛되지만은 않습니다. 오해의 과정들이 있었기에 결국 각자에게 내재된 욕구를 마주할 수 있게 되었으니까요.

우리는 타인을 통해 자신에 대한 이해를 쌓아가지만 그중엔 분명 오해도 섞여 있을 거예요. 오해를 거르기 위해선 고독과 외로움의 시간을 거쳐야 하겠지요. 그래서 한편으로는 태수 본인도 자신을 끝까지 오해하고 있던 게 아닐까, 그런 생각도 듭니다만 이조차 제 오해일 수도 있겠네요.

이소   이 소설은 '사랑의 애도'를 수행하는 것처럼 보이면서도 동시에 '청춘의 애도'를 수행하는 것처럼 보입니다. 수능이 끝난 후 아르바이트를 하러 간 카페에서 처음 만나 서른이 될 무렵 떠난 여행에서 돌아와 마지막으로 만났으니, '나'의 청춘은 태수와 함께 시작해서 함께 끝났다고 해도 과언이 아닐 것입니다. 자신이 어떤 사람인지조차 파악하지 못한, 그러나 늙어갈 수밖에 없다는 걸 알아버린, 그래서 문득 소스라치게 무서워지는 청춘. 소설을 읽고 저 역시 오랜만에 스무 살 초입의 시기를 떠올렸습니다. 집에 늦게 들어가도 될 만큼은 나이를 먹었지만 자기 집을 가질 만큼은 나이를 먹지 않았던 그 시기에, 집에 가긴 싫지만 딱히 가고 싶은 곳은 없어 방황했던 기억이 있습니다. 그 잉여의 시간을 함께 보낸 비슷한 처지의 사람들이 떠오르네요. 지금으로선 상상도 할 수 없을 만큼 빠르게 마음을 나누었던 사람들, 그러나 지금은 어디서 어떻게 살아가는지도 알 수 없는 사람들. 누구에게나 있었을 그 잃어버린 시간과 사람들이 마치 '나'의 삶에 확 들어왔다가 쑥 빠져나간 태수의 삶처럼 애틋해집니다. 권희진 작가에게도 이 소설이 떠나보낸 한 시기에 대한 회고이기도 한지 궁금해집니다.

권희진 소설을 쓰다 보면 유독 이제는 보지 않게 된 사람들에 대해서 더 많이 떠올리는 것 같습니다. 대부분 좋아하고 아끼던 사람이지만 죽도록 미워했던 사람도 포함입니다. 이 소설을 쓸 때도 마찬가지였습니다.

이건 조금 다른 얘기인데 가끔 주변 사람들에게 과거로 돌아갈 수 있다면 몇 살로 가고 싶은지 물어보곤 합니다. 물론 현재의 기억은 삭제된 채로요. 이십대와 삼십대 초반까지의 사람들은 열아홉 살이라고 대답했고, 삼십대 중반이 넘어가는 사람들은 돌아가지 않겠다고 대답하는 비중이 높았습니다. '그 고통을 다시 겪고 싶지 않다'는 게 대부분의 이유였습니다(신빙성 없는 통계인 점 참고 부탁드립니다). 저도 마찬가지입니다. 굳이 그 고통을 다시 겪고 싶지는 않아요. 죽을 만큼 힘들었느냐고 묻는다면 그렇기도 하고 아니기도 합니다. 그럼 좋았던 적은 없느냐고 물으면 그 또한 그렇기도 하고 아니기도 합니다. 하지만 그렇기도 하고 아니기도 한 과거를 잊고 싶지는 않습니다. 그래서 과거로 돌아가는 대신에 소설을 쓰고 있는 것 같아요.

다시 질문으로 돌아가자면, 그런 부분에서 이 소설은 일종의 회고라고 볼 수도 있습니다. 앞에서 말한 것처럼 과거의 사람들을 생각하며 썼거든요. 다들 잘 지내길 바랍니다.

이소 작가님에게 소설이란 어떤 것인지 묻고 싶어집니다. 데뷔작인 「러브레터」뿐 아니라 올봄에 발표한 「고쳐 쓰다가」(『Axt』 2024년 3/4월호) 그리고 이번 작품까지 모두 남성 화자를 주인공으로 삼고 있습니다. 그리고 세 편의 소설 모두 결코 냉소에 빠지진 않지만 마지막 단 한 점의 온기를 제외하곤 모든 열기를 뺀 독특한 톤을 보여줍니다. 어쩌면 화자를 남성으로 설정한 이유가 작가와 인물 사이의 거리를 조정하기 위함일지도 모르겠다는 생각이 듭니다.

이렇게 냉소도 열기도 덜어낸 소설이 걷는 행위와 비슷하다는 생각을 해봅니다. 걸으면서 이루어지는 회고는 방 한구석에서 이루어지는 회고와 다를 수밖에 없겠지요. 걸음은 몸에 규칙적인 리듬을 부여하고, 길에서 마주치는 것들은 종종 그 리듬을 깹니다. 규칙과 변주 사이에서 걷는 사람은 나의 리듬과 외부의 리듬을 조율하며 몰입과 관조의 중간 상태를 유지합니다. 자신의 방황과 슬픔에 대해 자기 연민 없이 담백하게 응시하기 위해, 그렇다고 그것을 성장 서사로 거창하게 극복하지 않기 위해, 소설은 '걷기의 활용'을 합니다. 걷는 것은 계속 다시 '고쳐 쓰는 것'과도 비슷한 행위겠지요. 저에게는 작가가 마치 걷고 있는 사람처럼 보입니다.

권희진 정확하게 짚어주신 질문이라 이미 대답이 다 된 것 같습니다. 아직 스스로 작가라고 생각하는 단계가 아닌지라 '나에게 소설은 무엇이다'라고 말하는 것이 살짝 부끄러운데요. 저에게 소설은 '고백'이면서 '고찰'일 수도 있고, 때로는 의미 없는 중얼거림일 때도 있는 것 같아요. 남성 화자를 선택한 것도 그 때문입니다. 화자와 거리를 둘 수 있는 방법을 오래 고민했고, 다른 성별이면 화자의 입장을 객관적으로 볼 수 있겠다고 생각했어요.

남성 화자를 설정하면서 걱정이 많기도 했습니다. 성별에 따른 차이가 있을 것이고, 그 부분을 차치하더라도 각 화자가 살아온 환경도 각기 다를 테니까요. 그래서 화자를 '남자'가 아닌 '인간'으로 생각해보기로 했습니다. 그랬더니 조금 수월하게 풀렸던 것 같아요. 그것이 성공했는지와는 별개로요. 이런 방식으로 소설을 쓰면서 다른 성별, 다른 연령 등 저와는 다른 '누군가'에 대한 이해의 시간을 가질 수 있었습니다. 모두가 공감되는 것은 아니지만 이해의 폭은 더 넓어졌다고 할 수 있겠네요.

말씀하신 것처럼 저에게 소설은 '걷는 행위'와 비슷할 것 같습니다. 어떤 결말을 향해 걷기보다는 '걷는 일' 자체에 의미를 둔 채로 걷고 있는 중입니다. 그 과정에서 타인에 대해 깊게 고민하기도 합니다. 그러면 작은 개인의 생각과 감정이 크게 다가오는 순간이 있습니다. 그런 것들을 기록하고 싶습니다.

옮겨붙은 소망

이미상

2018년 웹진 <비유>를 통해 작품 활동을 시작했다.
소설집 『이중 작가 초롱』이 있다.

사는 모양새들로 보아 혼인은 한물간 제도인 듯하지만 부부 이야기는 여전히 아니, 오히려 인기가 나날이 높아지니 나도 내가 아는 부부에 대해 한번 이야기해볼까 한다. 내 생각에 부부는 이기는 쪽과 먹히는 쪽이 있는데 앞으로 이야기할 부부는 다행히 아내가 삶의 원칙을 정했고 남편이 먹혔으며 먹히다 못해 사망에 이르게 되었다.

남편이 죽고 열흘 후, 아내 n&n's가 중단했던 쇼핑을 다시 시작했고, 나도 활동 재개에 동참했다. 우리는 같은 빌라 주민으로 나는 1년째 n&n's의 집을 드나들며 그의 밑에서 일하고 있었다.

n&n's 남편의 장례식은 열흘이 지나도록 열리지 않았다. 병사, 사고사, 심지어 살해를 당했어도 장례식은 무자비할 만큼 제때 치르지만 이 집 남편의 죽음에는 여러 일이 끼어 있어 장례식이 미뤄지고 있었다. 정부 —내가 알아들은 유일한 곳— 와 어떤 곳과 어떤 곳의 진심 어린 사과와 재발 방지가 약속되지 않아서였다.

남편의 죽음을 목격한 사회단체의 활동가가 나타난 것도 그즈음이었다. 내가 도서관에서 책을 빌려 막 n&n's의 집으로 들어갔을 때, 현관에서 활동가가 n&n's에게 간곡히 부탁하고 있었다. 다만 부탁과 동시에 빠른 손놀림으로 현관에 널린 신발과 쓰레기를 치우고 있어 어딘가 산만하고 폭압적인 것이 감정의 진정성을 의심하게 했다. 나는 활동가의 정리에 화가 나 보란 듯 신발을 신고 거실로 올라가 '저장강박증 태동기의 기운이 물씬 풍기는' 현관으로 신발을 집어던졌다. 한 짝이 컵라면 그릇에 박히고 다른 한 짝이 박스 무더기 아래로 가라앉았다.

"쓰셔야 해요," 활동가가 애절하게 말했다. "추도사, 쓰셔야 해요."

그런데 당신은 어떻게 생각하는가? 집의 위생 상태가 집주인의 정신 상태를 말해준다고 믿는가? 샤워부스 수챗구멍을 뒤덮은 한 무더기의 젖은 체모에서 열심히 부화 중인 벌레 알이 우리 마음의 괴로움을 대변한다고 여기는가? 그럴 수도 있고 아닐 수도 있다. 지난주에 우리 집에서 구더기가 나온 것은 분명 내 정신 상태와 관련되지만, n&n's의 11평 남짓한 빌라로 들어가기 위해 박스 무더기를 헤쳐야 하는 것은 남편의 사망 때문이 아니었다. 거긴 원래 그랬다.

내가 도서관에서 빌린 건 한 권은 소설책이고 한 권은 어려운 책으로 각각 『어느 열사 부부 이야기』(김소철 지음, 하는데까지만하는출판사)와 『열사, 분노와 슬픔의 정치학: 한국저항운동과 열사 호명구조』(임미리 지음, 오월의봄)였다. 나는 죽은 남편이 어떤 사람이었나 궁금해 책을 빌렸지만 평소대로 스무 페이지쯤 읽고 말 것이었다. 한때는 나 자신이 뒤가 흐린 사람, 책을 완독할 줄 모르는 사람, 실을 옹골차게 매듭짓지 못하고 엉성하게 묶어 결국 구슬이 알알이 추락하게 만드는 사람이라는 사실을 받아들이기 어려웠다. 그러나 이제는 그런 못난 마음을 품지 않는다. 어찌나 매사에 흐지부지한지 나는 나를 싫어하는 일에도 금세 질렸다. 자기혐오라는 아늑한 둥지에서조차 오래 뭉개지 못했다. 한마디로 나는 집요함이 심각히 결여된 바람에 본의 아니게 속 편히 사는 스타일이었다.

지층에 사는 내가 두층 위에 사는 n&n's에게 고용된 것은 빌라 반장으로부터 쓰레기를 제 날짜에 버리라고 꾸중을 들은 날이었다. "대답하지 마세요." 반장이 우리에게 말했다. "차라리 대답하지 마시라고요. 제가 다시는 이러지 마세요, 하면 그냥 가만히 계시라고요. 다시는 안 그러겠습니다, 하고 어차피 또 그럴 거잖아요. 말이라도 마시라고요." "옙!"은 n&n's가, "예! 알겠습니다"는 내가, 쌍으로 하지 말라는 짓을 했다. 심지어 나는 경례까지 붙여 반장을 놀려먹었다. 그러자 반장은 마지막 구호 생략 시간에 번번이 마지막 구호를 외쳐 사람들을 단체 기합으로 몰아넣는 구제 불능의 골칫덩이, 정신이 공포에 좀먹힌 그 가여운 바

　　　　　　　　　　　　　옮겨붙은 소망

보를 바라보듯 우리를 심각하게 보더니 그대로 지나쳐 골목으로 사라졌다.

말을 우습게 여기는 사람. 말로만 떠들고 결코 행동으로 옮기지 않는 사람. n&n's와 나는 그런 부류에 속했다. 그러나 우리에게도 미세한 차이가 있었으니 실천하고자 하는 마음은 충만하나 정신을 차리고 보면 어느새 책임과 의무를 내팽개친 나와 달리, n&n's의 불이행은 의도적이고 평생에 걸쳐 올곧게 지키는 신조였다.

내가 n&n's의 밑에서 일하며 가장 자주 들은 말이 '말이 그렇다는 거지'였다. 아침이고 밤이고 샤워 가운을 입고 퍼질러 사는 n&n's는 말을 던지고는 바로 이어 '말이 그렇다는 거지' 하고 취소함으로써 앞서 뱉은 말의 피부, 가장 기초적이고 정직한 의미를 뜯어버렸다. 그렇게 나를 양쪽으로 잡아당기며 가혹한 해석의 미로, 눈치 보기의 지옥에 빠뜨렸다.

진심과 농담과 예언과 명령과 기타 등등이 섞인 n&n's의 말을 나는 이해하지 못했다. 그가 어떤 사람인지도 알기 어려웠다. 그와 붙어 있으면 하여간 기분이 나빠 나는 몇 번이나 분필을 쥐고 주차장으로 내려가 사방치기를 하고 올라와야 했다. 그러나 태평한 성격 탓인지 정신을 차리고 보면 어느새 나는 n&n's의 말 따위에는 신경을 끄고 즐겁게 살고 있었다.

반장에게 꾸중을 들은 우리는 차를 마시기로 하고 n&n's의 집으로 갔다. 그리고 나는 n&n's의 '클릭 도우미'가 되었다. 정확히는 '터치 도우미'라고 해야 옳지만 n&n's가 나를 고용하게 된 바로 그 이유, 자신이 제대로 다뤘던 마지막 신식 기계 용어를 쓰는 중년 기계치 특유의 경향 때문에 마우스를 사용하지 않는데도 클릭 도우미로 불렸다.

내가 하는 일은 n&n's를 대신해 인스타그램 라이브 방송에서 물건을 구입하는 것이었다. 쇼핑 물품은 앤티크와 빈티지 주얼리로, 만들어진 지 100년이 넘으면 앤티크, 20년이 넘으면 빈티지, 20년이 되지 않으면 모던으로 물건의 계급을 정교히 나누는 데에서 물건을 파는 사람과 사는 사람의 진지함이 드러났다. 빈티지 주얼리의 구매층이 넓지는 않지만 스무 명가량의 하드코어한 마니아들이 매주 정규 라이브 방송 시간에 모여 치열한 '저요+가격' 다툼을 벌여 에이본의 하트 목걸이와, 섬세한 선조 세공이 돋보이는 미리암 하스켈의 모조 바로크 진주 목걸이와, C 자형 걸쇠 바깥으로 핀이 길게 삐져나와 찰 때마다 손이 찔리는 19세기 스털링 실버 브로치를 사들였다.

라이브 방송 구입 방법은 간단했다. 빈티지 주얼리 숍의 사장이 진행자가 되어 정해진 시간에 방송을 켜고 준비한 물건을 하나씩 선보인다. 진행자가 장신구를 직접 착용하고, 도금이 벗겨진 부분을 꼼꼼히 클로즈업해 보이며, 그러고도 매번 '상품 컨디션에 민감한 분은 구입하지 마시라'고 경고한다. 빈티지 제품이기에 새것의 컨디션이 아닌데다가, 직접 눈으로 보지 않고 화면만 보고 사는 것이라 물건 하나하나 정성을 들여 설명한다.

기나긴 설명이 끝나고 마침내 진행자가 물건의 값을 부른다. 그러면 구입을 희망하는 이들이 재빨리 '저요'와 함께 진행자가 부른 가격을 채팅창에 쓴다. 진행자가 "3만 원" 하고 말하면 '저요 3' 하고 쓰는 식이다. 인기 있는 물건에는 여러 개의 댓글이 달린다. 그럴 경우 진행자의 휴대폰을 기준으로 가장 먼저 '저요 가격'을 친 사람이 물건을 차지한다. 한마디로 누구의 댓글이 가장 먼저 달리는가 하는, 인터넷 속도 싸움이었다.

문제는 n&n's가 '저요'의 지읒을 쓰기도 전에 다른 사람이 '저요 6.5'를 쳐서 6만 5천 원짜리 뱀 반지 ─ 모조 루비 눈, 모조 사파이어 코 ─ 를 채간다는 것이었다. 히피 주인의 사랑을 듬뿍 받은 1960년대 나비 문양 팔찌도 그렇게 뺏겼다.

그리하여 내가 클릭 도우미로 고용되어 시급 9,860원을 받고 라이브 방송이 진행되는 동안 n&n's의 집에 머물며 그가 가리키는 목걸이와 브로치와 구하기 어려운 듀엣 핀을 빠른 손놀림으로 사들였다. n&n's가 눈치를 챘는지 모르겠지만, 나의 그럭저럭 괜찮은 성공률은 빠른 터치 실력 덕이 아니라 내가 그 집 와이파이 공유기를 바꿨기 때문이었다.

그렇게 구한 앤티크 카메오 브로치를 샤워 가운 양가슴팍에 열 개씩 달아 온몸으로 2천 년을 해치우고도 모자라 코코 샤넬처럼 목에 진주 목걸이를 휘감은 n&n's는, 소파에 모로 누워 흑백영화를 보다가 라이브 방송에서 원하는 물건이 나오면 내 어깨를 두드려 신호를 보냈다. 나는 n&n's에게 신호를 받기 위해 그가 누운 소파 바로 아래 앉아 눈으로는 영화를 보고 귀로는 방송 진행자가 언제 가격을 말할지 신경을 곤두세우며 새벽까지 머물렀다. 사고 싶은 물건이 나오지 않거나 진행자의 설명이 길어지면 우리는 냉동 떡을 녹여 먹으며 대화를 나누기도 하였으나 대체로 우리의 인생과 무관한 두 개의 상이 흘러가는 것을 바라보기만 했다.

n&n's는 진행자의 긴 설명을 싫어했다. 물건 손상에 관한 실용적인 설명 — 진주 까짐, 에나멜 벗겨짐,

박편이 손상되어 광채가 흐려진 라인스톤—이 아니라 역사 강의가 시작되면 특히 인상을 쓰고 휴대폰 소리를 줄이라고 했다. 내가 그러다 가격을 못 들어 사고 싶은 물건을 놓치면 어쩌느냐고 항의해도 요지부동이었다. 그렇게 나는 독일의 점령으로 미국으로 이주한 체코슬로바키아의 유리 세공 숙련공들이 1940년대 미국의 코스튬 장신구 발전에 어떠한 영향을 미쳤는가 하는 흥미진진한 이야기를 끝까지 듣지 못했다.*

n&n's의 남편이 죽기 한 달 전쯤 희한한 일이 있었다. 대단히 절묘해 거의 계시처럼 느껴진 일이었는데, 그날 우리는 한쪽 눈을 라이브 방송에 느슨히 걸쳐두고 나머지 감각은 「세이사쿠의 아내」(마스무라 야스조 감독)에 퍼붓고 있었다. 아내가 남편을 심히 사랑한 나머지 남편이 전장으로 떠나려 하자 그의 눈을 찔러 자리보전하게 만드는 내용의 영화였다. 아내가 마당에서 대못을 우연히 발견하고 손바닥을 못으로 꾹 누르는 장면이 흘러나왔다. 못에 눌린 손바닥 중앙이 움푹 파이고 주변으로 주름이 방사하듯 퍼져나갔다. 뒤이어 대못에 눈이 찔려 피투성이가 된 남편이 끔찍한 비명을 지르며 뛰쳐나왔다. 그런데 바로 그 순간 진행

---

*   캐롤라인 콕스, 『빈티지 주얼리: 120년 주얼리 디자인의 역사』, 마은지 옮김, 투플러스북스, 2012, p. 99 참고.

자가 이런 이야기를 하는 것이 아닌가.

"에드워드 시대 여자들 사이에서는 거대한 모자가 유행했습니다. 삿갓에 닭 한 마리를 올려놓은 듯 크고 깃털 장식이 화려한 모자 같은 것이었는데요. 모자를 고정하기 위해 필요했던 것이 오늘 소개해드릴 모자 핀, 일명 해트 핀입니다. 길어봐야 비녀만 하겠지, 생각하실지 모르겠지만요. 40센티미터에 달하는 것도 있어요. 미국에서는 모자 핀 길이를 제한하는 법까지 만들었다고 하데요."

진행자가 모자 핀을 꺼냈다. 그것은 소파 밑으로 들어간 리모컨을 꺼낼 때나 쓰는 긴 자만 한 바늘이었다. 길이와 뾰족한 끝을 봐서는 모자를 고정하는 게 아니라 두개골을 관통시키려고 만든 물건 같았다. 장신구임을 겨우 증명하듯 핀 끝에 인어의 물결치는 머리 장식이 달려 있었다.

"『시카고 트리뷴』지에 따르면 1898년에 새디 윌리엄스 양이 차를 타고 가다가 강도에게 기습 공격을 당했다고 해요. 윌리엄스 양은 자신을 때리는 강도에 맞서 모자에서 모자 핀을 뽑아 단검처럼 들고 강도의 가슴을 마구 찔렀다고 하네요. 그런가 하면 당시 병원에서는 아내의 길고 뾰족한 모자 핀에 눈이 찔린 남편들이 아우성을 쳤고요.** 3월 8일" "꺼." "여성의 날

옮겨붙은 소망

을 맞아" "꺼." "아껴두었던 영국산 앤티크 모자 핀 컬렉션을 보여드리려고 해요. 세월감이 있는 만큼 실사용은 어려우세요. 하지만 하나쯤 소장할 가치가 있을 것 같고요. 모자 핀 홀더는 서비스로 나갈게요." "끄라고." "역사를 알고 빈티지 장신구를 차면요. 우리 몸에 단순히 쇠, 구리, 은이 걸쳐지는 게 아니라 역사 속에서 스러진 이들의 혼령이 다시 일어서 우리의 어깨를 주무르고 등을 두드리고 두피를 마사지하며 힘내라고 응원하는 것 같은 기분이 들잖아요. 한때 죽고 싶었던 저도 100년 된 앤티크 진주 목걸이의 힘으로 우울증을 극복했어요." n&n's가 내 휴대폰을 가져가 베란다에 두고 왔다. 나라고 모든 유형의 치유 이야기를 좋아하지는 않는다. 하지만 치유의 계기를 먼 데서 끌어올수록 —예컨대 우울증을 낫게 한 진주 목걸이라거나— 군침이 도는 것은 사실이다. n&n's가 약간 겸연쩍어하며 웅얼거리듯 말했다. "그러게 듣기 싫다는데 왜 계속 틀어놔." 하지만 어떻게? 어떻게 그럴 수 있지?

어떻게 이런 고귀한 우연성을 무시할 수 있지? 큰

** 『시카고 트리뷴』지 속 내용은 다음 기사를 참고. Elizabeth Greiwe, 「When men feared 'a resolute woman with a hatpin in her hand」, 1910. 3. 1(https://digitaledition.chicagotribune.com/tribune/article_popover.aspx?guid=f5323885-cc9b-4a67-87d6-e09823e0c7ff).

화면에서는 아내가 남편의 눈을 찌르려고 대못을 들고 설치고, 작은 화면에서는 목걸이로 우울증을 극복한 여자가 팔뚝만 한 바늘을 휘휘 돌리며 펜싱의 찌르기 동작을 흉내 내는데, 그런 일이 동시에 벌어지고 있는데, 어떻게 n&n's는 남의 휴대폰을 차마 함부로 끌 수는 없어서 대신 베란다에 두고 옴으로써, 천지를 울리듯 노골적으로 들려오는 계시를 모른 체할 수 있지?

그때 이미 나는 불길한 예감에 사로잡혔다. 대못과 모자 핀이 우리에게 무시무시한 미래를 알리고 있었다. 세이사쿠의 아내가 증오가 아니라 사랑 때문에 남편의 눈알을 터뜨렸듯 n&n's도 남편과 사이가 나쁘기는커녕 긴밀해서, 부부로 사는 내내 다른 사람은 모르는 둘만의 은밀하고 달콤한 게임에 도취되어 있어서 본의 아니게 남편을 죽게 하리라는 끔찍한 예언이었다.

그러나 앞으로 일어날 비극을 모르는 n&n's는 평온할 따름이었다. 소파에 모로 누워 팔걸이에 발을 올리고 눈이 먼 남편을 대신해 밭을 가는 세이사쿠의 아내를 볼 뿐이었다. n&n's의 발에 밀려 팔걸이에 쌓인 책들이 추락했다. n&n's가 책을 줍기 위해 몸을 일으켰다가 그대로 벌렁 다시 누웠다. 그의 목덜미를 타고 벨 에포크와 양차 세계대전과 대공황이 흘러내렸다. 샤워 가운 가슴팍에 따개비처럼 달라붙은 역사 — 위에서 세번째에 달려 있는 브로치의 사용감이 유난히 적은 까닭은, 주인이 드레스에 브로치를 몇 번 꽂지도 못한 채 궤양에 수은만 바르다 요절했기 때문일까.

나는 n&n's가 숨겨둔 휴대폰을 찾아 베란다로 갔다가 그대로 집 밖 주차장으로 내려가 사방치기를 했다. 영혼이 암울했던 그때만 해도 사방치기는 내 영혼을 달래고 분노를 잠재우는 정화 의식이었다.

*

n&n's와 그의 남편을 설명하는 다양한 방법이 있을 테지만 이렇게 말하면 많은 이의 마음이 편할 것이다. 아파트에 살다가 빌라로 내려간 부부. 그러나 그들은 스스로 하방을 택했다.

두 사람은 아이 없는 맞벌이 — 인사 부장, 마케팅 팀장 — 으로 사십대 후반에 아파트 대출금을 모두 갚았고, 5억에 샀던 아파트가 매매가 10억을 넘기자 팔고 나와 2억짜리 빌라로 이사해 직장을 그만둔 후 돈이 떨어질 때까지만 목숨을 부지하기로 맹세하고 현금을 까먹으며 살았다. 대략 한 달에 3백만 원 안 되게 쓰면 칠십대까지 살 수 있을 듯했고 이후의 일은 닥쳐서 생각하기로 했다. 그 사이의 일도.

예컨대 구급차에 길을 내주려다가 지나가던 아이를 치어 구급차에 아이까지 실어 보내는 일 — 선의라는 웃돈을 얹어 불행을 배로 불리는 소설적 비극 — 같은 건 일단 계산에 넣지 않기로 했다. 그런 것까지 따지다가 다들 사표를 못 던지고 마추픽추에도 못 오르고 어영부영 요양 시설로 떠밀려 뿌연 섬망 속에서 안개에 싸인 잉카의 땅을 구경하는 걸 테니까. 어쨌든 당장은 손바닥에 놓인 시간의 묵직한 압감과 그것이 선사하는 가벼운 해방감을 누릴 일이었다.

시세 차익과 시간을 맞바꾸자는 아이디어를 낸 사람은 n&n's였다. 그는 자신이 남편에게 아파트를 팔아 죽을 때까지 일하지 말고 최소한의 생활비로 살아가자고, 그러다 돈이 다 떨어지면 한날한시에 같이 죽자고 제안했다며 바로 이어 이렇게 말했다. "아, 나는 그냥 말이 그렇다는 거였는데!"

당신도 한 번쯤 자발적 몰락의 길을 걷는 부부의 일상을 담은 휴먼 다큐멘터리를 본 적이 있을 것이다. 부부 모두 테크 스타트업 기업에서 수억의 연봉을 받다가 돌연 모든 것을 내려놓고 깊은 산골짜기로 들어간 사례 같은 것 말이다. 얼핏 보면 어떻게 세속적 성공이 아니라 자연 친화적이고 대안적인 삶을 바라는 희귀

옮겨붙은 소망

한 취향—또는 의지—이 한 사람도 아니고 두 사람 모두에게 일어날 수 있을까 신기하다. 저들이 바로 '영혼의 짝'의 현현이라고 착각할 수 있다. 그러나 부부의 투 숏을 가만히 보다 보면 누가 주동자고 누가 추종자인지 금세 알게 된다.

주동자는 차분한 미소를 띠지만 자신이 아니었다면 이전 삶에 만족했을 배우자의 눈치를 살피며 오히려 자신이 그의 열렬한 추종자인 양 어색한 다소곳함을 내비친다. 그러나 그의 살짝 웃는 입꼬리에 배우자에게서 삶을 뺏은 대신에 그에게 부부 생활을 주도하는 이미지라도 챙겨주어야 뒤탈이 없다는 지혜로운 계산과 강력한 통제력이 야릇하게 걸려 있다.

그런가 하면 추종자는 추종자대로 자신의 역할에 충실하여 현재 삶의 가치와 보람과 기쁨과 깊이를 과장되게 찬양하고, 그런데 어쩐지 마치 누군가의 머리를 박살내려는 듯 표고버섯 종균을 접종한 묵직한 통나무를 바닥에 쿵쿵 내리찍는 것이다. 우리는 이 언행 불일치의 퍼포먼스에서 다음과 같은 소리 없는 절규를 들을 수 있다. '이 인간아, 내 다리 내놔, 내 허리 내놔, 내 사무직의 유약한 건초염 내놔, 내 위스키 바와 내 타코와 내 과소비와 여름밤 냄새를 맡으며 캔맥주를 사러 가던 내 편의점 산책길을 내놔, 내 도시적 삶

을 돌려놓으라고, 이 미친 인간아!'

어쨌든 위의 분류법에 따르면 n&n's가 주동자고 남편이 추종자였다. n&n's는 명절 때마다 남편이 갑작스레 병에 걸려 시가에 가지 않았는데, n&n's가 "여보, 나 왠지 다음 주에 굴을 잘못 먹을 것 같아, 노로바이러스에 걸릴 것 같아" 하고 말하면 어느새 남편이 응급실에 실려 가 귀성을 저지했다. 두 사람은 브레인과 행동 대장이라는 전형에 들어맞는 듯 보였지만 n&n's가 남편을 조종했다고 보기는 어렵다. 왜냐하면 남편에 의해 자신의 소망이 실현될 때마다 n&n's는 세상을 향해 '봤지?' 하고 턱을 드는 것이 아니라 망가진 세상을 재건해야 하는 히어로의 피곤한 표정을 지었기 때문이다.

n&n's는 세상 물정에 어두운 사람이 전혀 아니어서 아파트를 팔겠다는 아이디어를 떠올렸을 때, 앞으로 집값이 계속 오르리라는 것을 알았다. 그런데도 남편에게 이렇게 말한 것이다. "여보, 나 살면서 한 번은 돈을 이겨보고 싶어." 그때 n&n's의 남편은 주식에 코인에 유행하는 잡다한 것을 다 하는 흔한 사람들, 부르면 1, 2분 뒤에 '응? 왜?' 고개도 돌리지 않고 주식 차트에 코를 박고 대답하는 인간 대열의 당당한 일원이었다. 그럼에도 아내가 돈을 이겨보고 싶다고 말하자

바로 다음 날 부동산으로 달려가 집을 팔아달라고 난리를 피웠다. 시세보다 수천만 원을 깎은 끝에 몇 시간 뒤 중국 주재원에서 근무 중인 젊고 부유한 부부와 계약을 맺었다. 그들은 집을 보지도 않고 샀는데 알고 보니 부동산 사장의 조카였다. 집을 팔아치우고 의기양양하게 돌아온 남편에게 n&n's는 예의 그 대사를 읊었다. "아, 나는 그냥 말이 그렇다는 거였는데!"

n&n's가 시세 차익과 시간의 맞교환이라는 아이디어를 떠올린 때는 대한민국의 집값이 폭등하던 시기였다. 그해 여름, 아파트 상가 통닭집 파라솔 아래는 맥주를 들이켜며 인생이 이보다 좋을 수 없다는 듯 고개를 젖히고 웃는 사람들로 가득했다. 그들은 고개를 들다 시커먼 나무에 줄줄이 기어올라가는 바퀴벌레의 행렬을 마주하고 문득 앞으로 일어날 일, 집값 하락뿐 아니라 상승까지 포함하는 어쨌든 변동이라는 정신을 뒤흔드는 요소에 몸서리치며 이 짓거리를 언제까지 해야 할까, 돌연 지긋지긋해 했다. 그러곤 10년, 20년 뒤에는 돈에 대한 정신적 종속을 떨치고 자유의 몸이 되어 세계여행, 즉 세계에 세워진 호텔이라는 단기 셋방을 탐험하겠노라고 급작스레 맹세했다. 어찌 보면 n&n's도 그런 하나 마나 한 소리를 했을 뿐이었다. 그런데 남편이 쏜살같이 달려나가 몽상으로 남았어야

할 소망을 현실로 만들었다.

희한한 일은 n&n's가 남편의 돌발 행동에 경악하기는커녕 오히려 잘됐다며 자신이 씨를 뿌리고 남편이 성급하게 이룬 자충수 속으로 열정적으로 돌진했다는 것이다. n&n's는 분명 자신의 소망이 그냥 한번 해본 소리에 불과하다는 것을 알았으나 부동산 계약을 파기하지 않았고 일이 흘러가는 대로 내버려두었다. 그는 남편에게 질세라 옷의 3분의 1, 책의 3분의 2, 양문형 냉장고를 내다 버리고 이사할 빌라의 평수에 알맞은 폭 좁은 가구를 사러 광명 이케아로 달려갔다. 내가 보기에 그것은 자충수를 넘어 적극적인 자학 행위였다.

결혼 생활 내내 같은 일이 반복되었다. 아내가 명하면 남편이 받들었다. 아내가 손을 들어 어딘가를 가리키면 남편은 이미 거기 가 있었다. 아내가 꿈을 품으면 남편이 그 꿈을 거의 낚아채듯 잽싸게 이뤘다. n&n's의 입술에서는 새로운 소망, 새로운 목표, 새로운 삶의 비전이 끝없이 터졌고, 지난 것이 성취되기가 무섭게 새로 돋아나는 그 꿈들을 남편이 미식축구 선수처럼 옆구리에 끼고 세상을 싸돌아다니며 깡그리 이뤘다. n&n's가 모빌이 멈추기가 무섭게 모빌에 묶인 발을 버둥거려 사자, 기린, 코끼리 모빌을 다시 움직여야지만 직성이 풀리는 성질 급한 아기라면, 그의 남편은

n&n's가 발을 까딱이기가 무섭게 벌리서, 아주 멀리서, 예컨대 세렝게티에서 이렇게 소리치는 것이었다. '여보, 나 여기 있어, 당신도 어서 와!'

n&n's는 직전 삶과 다르기만 하면 어떠한 방향성도 일관성도 없이 아무 삶이나 골라잡는 싫증을 잘 내고 입이 방정인 사람이었다. 그는 결코 자신의 소망이 실현되기를 바라지 않았다. 왜냐하면 꿈이 실현되는 순간, 천장에서 코끼리 모빌이 아니라 진짜 코끼리가 떨어져 깔려 죽는다는 것을 알았기 때문이다. n&n's는 지극히 보수적인 사람이었고 그러므로 그들 부부의 앞길은 약간의 탈규범적인 아이디어로 꾸며진 탄탄대로였다. 그런데 마찬가지로 한 고집 하는 남편이 자꾸만 이렇게 외치는 것이었다. '여보, 나 여기 있어, 당신도 어서 와!'

그렇게 두 사람의 삶이 관념이 아니라 현실에서 궤도를 벗어났다. 둘 중 한 사람이라도 자신의 습성을 버렸더라면, n&n's가 소망을 품지 않거나 남편이 그 소망을 이루지 않았더라면, 그랬다면 아직 남편은 살아 있을 것이다. 살던 집에서 하던 일을 하고 마시던 맥주를 마시며 이 수준까지 삶을 변혁하지 않은 채 그럭저럭 행복하게 살았을 것이다. 그러나 그들은 이음새가 전혀 만져지지 않는 징그러운 결합체처럼 한 덩이로 세상을 굴러다니며 축복받은 삶을 사정없이 뒤틀어버리다가, 결국 내가 사는 빌라까지 흘러 들어와 휠체어 경사로와 승강기의 부재가 이동권과 장보기에 미치는 영향을 관절 쑤시게 경험하다가 급기야 한쪽이 죽고만 것이었다. 이 무슨 난리법석이란 말인가! 정말이지 아내들이란! 남편들이란! 그리고 나는 이 죽은 부부를 떠올리며 낄낄대다 갑자기 기운이 쭉 빠지면서 사방치기를 하고 싶어지곤 했다.

분필을 들고 주차장으로 내려가 차가 빠져나간 자리에 네모와 대각선을 그려 사방치기 판을 마련하고는 몇 분이고 몇 시간이고 홀로 깡총, 반드시 깡총 — 깡'총'이 표준어가 아니라는 것은 알지만 깡'충'은 나의 성미와 색채와 취향과 기갈에 맞지 않는다. 칙칙하고 둔탁한 어감의 '껑충'은 말할 것도 없고. 요정처럼 뛰면서 칸을 옮길 때마다 이렇게 외치고 싶어지는 것이다. 나 (깡총) 가 (깡총) 죽 (깡총) 어 (깡총) 라 (뒤를 돌아) 얍! 나 (천천히) 가 (힘없이) 죽 (슬프게 또는 분노에 차서) 어.

점프 한 번에 한 음절씩. 전진하는 다섯 음절과 회귀하는 다섯 음절. 그렇게 사방치기를 실컷 하고 다시 천천히 집으로 돌아올 때면 대차게 울고 난 것처럼 후련하지만 언제나 정화 의식 끝에는 비린 의문이 달라붙

었다. 분명 나가 죽어야 할 사람은 내가 아닌 것 같은
데 어째서 내가 나가 죽어야만 할 것 같은가.

*

"추도사를 쓰셔야 해요."

n&n's의 남편이 죽은 지 보름째 되는 날에 활동가가
다시 찾아와 말했다. n&n's와 나는 언제나 그렇듯 「그
림자 없는 남자」(W. S. 밴 다이크 감독)와 라이브 방송
을 동시에 시청 중이었다. 동명의 원작 소설(대실 해
밋, 황금가지)을 읽어서 그런지 나는 영화가 시시하게
느껴졌다.

영화와 소설 모두 닉Nick과 그의 아내 노라Nora가 살
인 사건을 함께 해결하는 내용이었다. 전직 탐정 닉은
골치 아픈 범죄 현장에서 벗어나 평온한 은퇴 생활을
누리려 하지만 노라는 그에게 살인 사건을 다시 맡으
라고 은근히 종용한다. 남편을 통해서 자신도 범죄 수
사에 간접적으로 개입해 삶에 스릴이라는 반짝 가루
를 뿌리기 위해서다.

예상했겠지만 n&n's는 노라와 닉 부부 이름의 앞 글
자에서 각각 따왔다. 그것은 n&n's의 라방용 인스타그
램 아이디이자 타투 도안으로, n&n's의 팔뚝에는 싸고

어중 떤 맛의 대중적인 초콜릿 m&m's의 폰트를 그대로 베낀 n&n's 타투가 새겨져 있었다. 어떤 장면에서 n&n's가 웃음을 터뜨렸다. 얼마 전 남편을 잃은 사람치고 지독하거나 역설적이지도 않은 단순한 웃음이었다. 왠지 웃음소리를 들은 나까지 죄를 짓는 기분이라 활동가를 보기가 민망했다. 그러나 그는 바닥에 앉아 걸레질하며 이렇게 말할 뿐이었다.

"남편분을 영웅이나 열사로 만들려는 게 아니에요. 거짓말을 하시라는 게 아니에요."

그는 청소하는 사람이었다. 얼마나 상심이 크십니까, 참담한 일입니다, 고인의 명복을 빈다는 말도 하기 어렵군요, 하고 말하는 대신 쓸고 닦는 사람. 무너진 정신이 아니라 그 정신의 투영인 집을 돌보는 사람. 그는 내 머리카락에 붙은 구더기를 떼어주며 나에게도 집을 '한번 들었다 놔주겠다'고 제안하기까지 했다.

"추도사를 어떻게 쓰시든 관여하지 않아요. 저희를 욕하셔도 괜찮아요. 남편분을 욕하셔도 어쩔 수 없다고 생각해요. 다만 쓰기는 쓰셔야 해요." 활동가가 말했다.

"아니요, 저는 쓸 수 없어요. 왜냐하면 남편의 죽음은 저희 두 사람의 일이니까요. 제가 남편을 죽였으니까요. 그러니 그 일에 대해 다른 사람이 사정을 알 필

　　　　　　　　　　　옮겨붙은 소망

요는 없어요." n&n's가 말했나.

"하지만 사모님, 저는 봤어요. 남편분이 어떻게 돌아가셨는지 제 눈으로 봤어요. 남편분은 사모님이 죽인 게 아니에요. 경찰이 죽였어요. 쓰셔야 해요. 추도사를 쓰셔야 해요."

"아니요, 남편은 저 때문에 죽었어요. 그 일은 저희 두 사람의 일이에요."

"하지만 사모님."

"아니요, 남편은."

"하지만 사모님."

"아니요, 남편은."

두 사람은 같은 말을 반복했다. 한 사람의 비극적인 죽음을 받아들일 수 없는 두 사람의 비이성적인 관점과 의미 없는 논쟁이 방의 공기를 팽팽하게 잡아당겼다. 나는 제삼자로서 두 사람을 지켜보며 속으로 누구의 말이 맞는지 판정하고 있었다.

이제 슬슬 n&n's의 남편에게 무슨 일이 일어났는지 이야기하려 하는데 관점에 따라 그림이 꽤 달라 쉽지만은 않은 일이다. 첫번째로 n&n's의 눈꺼풀을 까뒤집고 들어가 그 안에서 보면 그날 n&n's의 남편은 태어나 한 번도 해보지 않은 일'만' 하기로 작정하고 집을 나섰다. 그리하여 태어나 한 번도 가보지 않은 바다에

간 것이고, 그 바다에서 태어나 한 번도 생각해보지 않은 일에 대해 주장하는 사람들을 만난 것이고, 그들 사이에 끼어 태어나 한 번도 해보지 않은 인간 띠의 사슬이 된 것이다. 활동가가 속한 단체의 사람들과 손에 손을 잡고 이게 무슨 소릴까? 집에 가서 찾아봐야지, 싶은 구호를 따라 외쳤다. 그러다 사람들이 인간 띠잇기 시위를 멈추고 해상 시위를 이어나가기 위해 하나둘 포구에서 바다로 뛰어내렸다. 연결되었던 손들이 끊어졌고, 아마도 남편은 그런 사소한 단절에도 상처를 받았을 것이라고, n&n's는 말했다.

처음에는 n&n's의 남편도 사람들을 따라 바다에 들어가려 했다. 하지만 태어나 한 번도 해보지 않았다는 이유로 위험한 바다 수영을 할 용기까지는 없었기에 다이빙 직전에 멈췄다. 그 대신 육로로 시위대를 쫓아갔다. 시위대는 바다를 직선코스로 헤엄쳐 반대편 방파제로 가려 했다. 그곳에 또 다른 시위대가 고립되어 깃발을 흔들며 친구들을 기다리고 있었다.

n&n's의 남편은 바다에 떠 있는 시위대의 작은 머리통을 쫓아 쉴 새 없이 달렸다. 시위대와 달리 그는 육로로 먼 길을 돌아 반대편 방파제에 닿아야 했기에 달리기를 멈출 수 없었다. 바다에서 멀어지자 언제 사람들과 뭉클하게 하나가 되었느냐는 듯이 삭막한 풍경

옮겨붙은 소망

이 펼쳐졌다. 더러운 주차장과 호객꾼이 달려드는 횟집. 그는 그 거리를 달리며 돌아가야 한다고, 어서 빨리 돌아가야 한다고, 비록 잠시 손을 잡았던 낯선 사람들일 뿐이지만 그래도 그들 속으로 돌아가야 한다고, 마음이 완전히 무너진 채 미친 듯이 달렸다.

바다가 보이지 않는 기나긴 길을 달리며 남편은 상상했을 것이다. 방금까지 손을 잡고 있던 사람들. 신발끈을 손목에 감고 신발을 젖지 않게 높게 치켜 든 채 친구들을 향해 파도를 헤치며 헤엄치는 사람들. 깃발은 바다에 잠겨 구호가 보이지 않지만 그들은 어찌나 수영을 잘하던지. 마침내 방파제에 다다른 그들은 최초의 인간처럼 육지로 올라가 친구들과 얼싸안고 기쁨의 눈물을 흘릴 것이다. 하루의 마지막 빛을 반사하며 거침없이 빛을 쏟아내는 바다가 그들의 재회를 아름답게 꾸며줄 것이다. 비록 그들은 절망하고 화가 나 있었지만, 그리하여 절실한 염원과 정결한 저항을 분출하였지만, 그럼에도 행복했을 것이다. 반면에 n&n's의 남편은 혼자였을 것이다.

n&n's의 남편에게도 애증으로 엮인 직장 동료들, 텔레그램으로 주식 정보를 물어다 주던 사기꾼들, 자전거 동호회 사람들, 사진 동호회 사람들, 클래식 면도 동호회 사람들, 매일 밤 맥주를 사러 들르는 편의점의

오래 일한 직원과 그의 러시아인 여자친구, 그리고 그들과 나누던 담소가 있었다. 그러나 직장을 그만두고 이사를 오면서 대부분의 관계가 끊어졌고 그에게 남은 것은 우울증에 걸려 더 이상 소망을 발신하지 않고 집에 누워만 있는 아내뿐이었다. 그리하여 n&n's의 남편은 계속 달렸다. 사람들에게 돌아가려고, 다시금 그들의 뜨끈한 손을 잡아보려고, 더는 외롭지 않으려고, 어떻게든 세상에 달라붙으려고, 그는 달리고 또 달렸다. 그렇게 바다가 점점 가까워 오면서 방파제 테트라포드에 평화로이 누워 몸을 말리고 있는 사람들이 보였다. 그들은 정말 재회한 것이다! 이제 자신이 나타나면 아까 자신에게 눈인사를 했던 사람이 새 친구들에게 자신을 소개하리라. '인사해. 오늘 처음 오신 분이야. 성함이 어떻게 되시죠? 시위 끝나고 뒤풀이 가실 거죠?'

그리고 정신을 차렸을 때, 그는 뒤쪽에서 밀려온 수십 명의 시커먼 경찰들 사이에 있었다. 그리고 활동가의 말에 따르면 시위를 진압하던 경찰의 손에 밀려 n&n's의 남편이 바다로 떨어졌다. 해양경찰 측의 설명은 완전히 달랐다. 그들은 바다에 뛰어들려는 시위자를 구하려 하였으나, 손이 닿기 전에 시위자 스스로 균형을 잃어 테트라포드에서 추락해 안타까운 죽음을 맞이하게 되었다.

　　　　　　　　　　　　　옮겨붙은 소망

"님편은 저 때문에 죽었어요. 그 일은 지희 두 사람의 일이에요."

"하지만 사모님."

"아니요, 남편은."

"하지만 사모님."

"아니요, 남편은."

"하지만 저는 봤어요." 이제 활동가는 냉장고 청소를 하고 있었다. 뒤돌아 앉은 그에게서 독백 같은 말이 줄줄 새어나왔다. "남편분이 어떻게 돌아가셨는지 저는 봤어요. 저는 그 자리에 있었어요. 그 일은 두 분 사이의 일이 아니에요. 우리에게는 그분을 단지 발을 헛디뎌 운 나쁘게 죽은 사람이라는 결론에서 구할 책무가 있어요. 영웅을 만들자는 게 아니에요. 열사로 숭상하자는 게 아니에요. 그러나 그분이 어떤 사람이었는지 세상이 알아야 해요. 저는 그분에 대해 아는 것이 없어요. 하나도 없어요. 죽는 순간을 보았을 뿐이에요. 죄송해요. 이런 말씀을 드려서 정말 죄송해요. 하지만 쓰셔야 해요. 추도사를 쓰셔야만 해요."

"우리 저거 사야 할 것 같아."

n&n's가 내 어깨를 치곤 말했다.

"사, 저거."

라이브 방송 진행자가 뚜껑을 열어 안에 사진이나

고체 향수를 넣는 로켓 목걸이를 선보이고 있었다. "자, 안에 무엇이 들어 있는지 볼까요? 이번에는 또 어떤 사랑스러운 100년 전에 죽은 아기가 우리를 향해 웃을까요?" 뚜껑을 열자 옅고 짙은 갈색 격자무늬가 보였다. 빛바랜 벌레였다. 100년 전에 죽은 벌레인 줄 알았는데 진행자가 쓸쓸히 웃으며 말했다.

"애도 주얼리mourning jewelry가 선풍적인 인기를 끈 것은 빅토리아 시대였습니다. 빅토리아 여왕은 부군 앨버트공이 죽은 후 그를 기리기 위해 그의 머리카락을 엮어 만든 목걸이와 반지를 항상 몸에 지니고 다녔습니다. 지금 소개해드릴 로켓 펜던트도 애도 장신구로, 빈티지 장신구 마니아라면 누구나 탐내는 구하기 매우 힘든 개체입니다. 로켓 펜던트를 열면 그 안에 죽은 사람의 땋은 머리카락 조각이 유리에 눌려 있습니다." 진행자가 목걸이를 착용하더니 살짝 튕겼다 내려놨다. 펜던트가 가슴에 부딪혔다. "죽어서도 사랑받는 사람의 일부가 영원히 우리의 심장에 닿아 있습니다. 다시 말씀드리지만 가격만 쓰시면 안 되고요. 반드시 '저요' 하고 나서 가격을 쓰셔야 인정이 됩니다. 치열한 경쟁이 예상되네요. 그럼, 준비하시고요. 이제 가격 나갑니다."

n&n's가 남편의 죽음을 독점하려 했느냐고? 죽은

자의 머리카락으로 만든 목걸이를 목에 걸고 다니는 것처럼, 남편의 사회적인 죽음을 오로지 부부의 일로, 그 협소한 단위로 완강히 쪼그라뜨려 자신의 소유물로 삼으려 했느냐고? 그럴 수도 있었다. 돌이켜보면 n&n's는 오래된 사물의 역사적 의미를 지운 채 오로지 그것을 소유물로만 여기려고 했으니까. 이번에도 경찰의 과잉 진압, 신공항 건설, 배를 까뒤집은 채 파도에 떠밀려올 물고기 떼, 데모 신참내기의 비극적인 죽음, 죽음을 값지게 할 최소한의 의미 부여 같은 것과의 끈을 죄 끊어버리고 배우자라는 자격으로 남편의 죽음을 소유하려는 것일 수도 있었다. 남편이 죽은 자명한 이유를 무시하고 그의 죽음이 자신의 탓이라고 고집함으로써 스스로의 힘이 닿지 못하는 곳에서 죽어간 남편을 다시 자기에게로 되돌리려는 부질없는 노력일 수도 있었다. 그런 생각을 하자 징글징글했다. 정말이지 부부란, 아내란, 남편이란, 헤테로들이란. 갑자기 머리끝까지 짜증이 나서 사방치기를 하러 밖으로 나가려는데 n&n's가 궤변을 늘어놓아 나의 정화 의식을 방해했다. 그리고 그것이 n&n's가 자살하기 전, 내가 들은 그의 마지막 말이었다. 그날 이름 모를 망자의 머리카락으로 장식된 애도 주얼리 — 10K 골드, 금 함량 분석 완료, 매우 좋은 컨디션 — 는 나의 재빠른 손놀림과 교체한 와이파이 공유기 덕분에 n&n's의 소유가 되었다. 45만 원이라는 높은 가격 때문에 어차피 경쟁자도 없었다.

*

"남편과 저는 집을 팔아 시간을 샀는데 시간이 넘쳐나자 집에서 잠만 잤어요. 하루 종일 잠이 밀려와 시도 때도 없이 잤어요. 저는 침실에서 잤고 남편은 거실에서 잤어요. 왜냐하면 우리는 둘 다 코를 심하게 골기 때문에. 제가 침대에서 남편에게 '돌려' 외치면 남편이 몸을 돌렸고 남편이 거실 바닥에서 저에게 '뒤집어' 문자를 보내면 제가 욕창을 방지했어요. 하지만 가끔 거실에 나가보면 남편은 혼자 일어나 노는 아이처럼 안 자고 있었어요. 그는 잠이 오지 않았던 거예요. 저 때문에 하루 종일 자는 척했던 거죠. 가끔은 저에게도 활력이 생겨 남편에게 나가자고 속삭였어요. 집 밖으로 나가 태어나 한 번도 해보지 않은 일을 하고 돌아다니자고 꼬드겼어요. 그렇게 우리는 우리와 비슷한 상황에 처한 사람들이 맨 먼저 할 법한 상투적인 행동, 외딴 별장에 모여 파트너를 옷걸이로 때리는 일 같은 걸 했어요. 우리는 같은 활동은 다시 하지 않기로 정했기

옮겨붙은 소망

때문에 우리를 아낌없이 환영해주었던 선배들, 일상복을 벗고 라텍스 의상으로 갈아입기 위해 온몸에 오일을 바르던 채찍질을 좋아하는 친절한 그들을 실망시켰어요. 점차 우리는 태어나 한 번도 해보지 않은 무수한 일 중에서 우리에게 맞는 것을 잘 고르게 되었어요. 이상하게도 그것은 갈수록 눈물과 관련되었어요. 우리는 자식을 죽인 부모의 공판에 갔어요. 거기서 나는 국화를 던지다 울었어요. 우리는 계룡산을 네발로 기어올랐어요. 거기서 나는 절벽 너머로 빠진 발톱을 던지다 눈물을 터뜨렸어요. 초콜릿을 김에 싸 먹다가 목 놓아 울었고 계란을 부치다가 오열했어요. 나는 점점 눈물이 많아져 노상 하던 일도 울면서 했고 그러니 모든 일이 새로운 일이 되어 굳이 밖에 나가 찾을 필요가 없어졌어요. 계란은 부쳐봤지만 울면서 부쳐본 적은 없으니까요. 우울증에 걸리면 모든 일이 그토록 새로워져요. 나중에는 입원을 요할 만큼 병이 깊어져 팔에게 올라가라 명해도 팔이 들리지 않고 밖으로 나가고 싶어도 못 나가게 되었어요. 남편도 우울증을 얻었다면, 그래서 무기력이 기운을 다 빼놨다면 우리는 사이좋게 집에 누워 겨우 '돌려' 중얼대고 '뒤집어' 문자를 보냈을 거예요. 남편은 밖에 나가지 못했을 거고 그 바람에 죽지 못했을 거예요. 반대로 내가 우울증에 걸리지 않았다면 나는 변덕스러운 성격이기에 삶의 방향을 줄기차게 바꿔댔을 거예요. 지금쯤 우리는 부에노스아이레스에서 묘지기를 하고 있거나 시간으로 돈을 사는 시절로 돌아가 스리잡을 뛰고 있을 거예요. 그러나 나는 팔을 들 수도 없었고 아이디어를 떠올릴 수도 없었고 남편에게 이것저것을 하자고 속삭일 수도 없어서 남편이 어찌할 바를 모르고 제가 돌아오기를 기다리며 우리가 마지막으로 하던 일을 하고 돌아다닌 거예요. 태어나 한 번도 해보지 않은 일이라면 닥치는 대로 했던 거예요. 그러니 모르는 사람의 발가락을 빠는 일이나 러시아 대사관 담을 넘는 일, 올리브오일 한 병을 마시는 일이나 에어컨 설비 교육을 받는 일, 그리고 시위에 참여했다가 방파제에서 떨어져 죽는 일은 모두 같은 층위에 있어요. 남편과 내가 정한 규칙이 그 모든 세세한 일을 내려다보고 있어요. 당신들은 얼핏 중요해 보이지만 남편의 죽음에서 곁가지예요. 당신들이 끼어들 틈은 없어요. 남편의 죽음은 우리 부부의 것이에요."

*

남편이 죽은 지 1년이 채 되지 않은 어느 날, n&n's는 스스로 목숨을 끊었다. 자식이 없던 그는 죽기 전에 여러 모르는 사람에게 재산을 증여했다. 언젠가 TV 다큐멘터리에서 보았던 자립 준비 청년 세 명에게 2천만 원씩 주는 식이었다. 집을 판 돈으로 시간을 샀던 n&n's에게 미래가 사라지자 현금만 넘치게 남았던 것이다. n&n's는 옥상에서 돈다발을 뿌리는 사람처럼 세상 구석구석 필요한 사람에게 수억을 쏘느라 자살을 차일피일 미뤘으나 결국에는 죽음이라는 나쁜 방식을 통해 남편과 재회했다. 죽음이 부부의 재회 수단이었다는 것은 나의 추측이 아니라 n&n's가 유서에 분명히 적어놓은 바였다.

n&n's의 유서는 여러 사람에게 남기는 짧은 문장으로 구성되어 있었다. 나에게도 몇 마디 남겼으나 그에 대해 언급하기 전에 가장 중요한 사실부터 짚고 넘어가야겠다. 내가 받은 것은 3천만 원이 아니었다.

생판 모르는 남에게 2천만 원을 준 n&n's가 매일 보다시피 한 나에게는 돈도 차도 아닌 주얼리를 남겼다. 어떻게 그럴 수 있지?

나는 변색 방지를 위해 앙증맞은 지퍼 백에 담긴 장신구를 폭력적으로 잡아 빼며 광분했다. 그러다 이것을 모두 팔면 1, 2천만 원은 건질 수 있음을 깨닫고 n&n's를 용서했다. 현금을 물려받은 자립 준비 청년들과 달리 나는 현물을 물려받았고 그것을 현금화하려면 일을 해야 했다. 나는 라이브 방송을 시작했다. 그것은 전혀 어렵지 않았다. 나에게는 수천 번의 라이브 방송 시청 경험과 수만 번의 '저요+가격' 채팅을 통한 빈티지 주얼리 시세에 대한 데이터가 이미 내장되어 있었다. 미니 삼각대를 사서 방송을 시작하기만 하면 되었다.

어떤 사람들은 인생을 포기했기 때문에 집에서 구더기가 나오는 줄 안다. 하지만 의외로 구더기는 의욕이 바닥났을 때가 아니라 다시 막 샘솟을 때 나오기도 한다. 나를 예로 들자면 수년을 편의점 도시락만 먹고 살다가, 알 수 없는 알고리즘에 의해 한겨울에 얼어붙은 계곡물을 깨고 입수하는 사람의 영상을 보고는 불현듯 제대로 살아야겠다는 각오에 휩싸여 감자를 사서 베란다에 던져 놓았다가, 거기서 이슬처럼 반짝이는 구더기 친구들을 만났다. 그리고 때로 그것은 의욕을 품은 것에 대한, 새 삶을 꿈꾼 것에 대한 처벌처럼 느껴진다. 나는 이슬 친구들을 박멸하는 대신 그들에게 나의 길고 축축하고 뜨듯한 머리카락을 넘겨주곤 집에 종일 누워 있다가 라방 시간에 맞춰 n&n's의 집으로 올라가곤 했다.

그러나 이제 n&n's도, 그의 집도 사라졌다. 나에게 남은 것은 n&n's의 물건뿐이있다. 나는 그것을 팔기로 했고 그러려면 삼각대를 구비하기 전에 청소부터 해야 했다. 하루에 40만 원 이상 써재끼는 큰손 손님이 택배 상자를 열었다가 우윳빛 캠퍼 글라스 귀걸이를 놀이터 삼아 타고 노는 이슬 친구를 발견해서는 안 되기 때문이다. 과거 나에게 집을 한번 들었다 놔주겠다고 제안한 바 있는 활동가에게 연락할까 하다가 마지막으로 본 그의 얼굴을 떠올리곤 관뒀다. n&n's가 죽었다는 소식을 들은 그는 나에게 말했다. "죽지 마세요. 그쪽이 죽으면 저도 정말 죽습니다." 그래서 나도 응수했다. "죽지 마세요. 그쪽이 죽으면 저도 정말 죽습니다." 우리는 똑같은 얼굴을 하고 서로의 삶에 대한 연대 책임을 졌지만 다시는 만나지 말아야 한다고 느꼈다. 어쨌든 나는 범죄 현장에 남은 지문을 지우는 범죄자처럼 집을 쓸고 닦다 이것이 n&n's가 나에게 남긴 유산임을 깨달았다.

방송을 시작하자 놀랍게도 나의 내면에서는 원대한 야심이 폭발했다. 그것은 그동안 보아온 라이브 방송에 대한 불만에서 비롯되었다. 그리하여 나는 첫 방송 전에 동종 업계인의 눈으로 정탐할 겸 시청한 타 방송 진행자들과 돌아가며 싸웠다.

'어떻게 주얼리를 자신을 꾸미는 데에만 사용할 수

있죠?' 내가 채팅창에 쓰자 한 진행자가 물건을 팔다
말고 인상을 찌푸리며 말했다. "혹시 장신구의 뜻을
모르시나요? 몸치장을 하는 데 쓰는 물건, 그게 장신
구의 사전적 정의예요. 그럼 목걸이를 사람 모가지 꾸
미는 데 쓰지 어디다 써요?"

　그런 식이었다. 그들은 시간에 대한 존경심이 부족
했다. 만일 그들이 전쟁과 기아와 히틀러와 항생제가
개발되지 않아 발톱 거스러미만 잘못 뜯어도 픽픽 죽
어나가던 시대를 건너 우리에게 와준 목걸이에 일말
의 존경심이 있다면, 지금 당장 백화점에서 살 수 있는
스와로브스키의 노골적인 휘광이 아니라 백내장 환자
의 안구처럼 희뿌연 빛을 발하는 이 낡고 슬프고 지치
고 상실을 간직한 사물에 대한 조금의 애정이라도 있
다면, 어떻게 그것을 오로지 우리의 존재를 조금 더 낫
게 만드는 데에만 사용할 수 있을까? 적어도 우리의
존재를 '조금'이 아니라 완전히 탈바꿈시킨다는 것을
보일 멋진 무대를 마련해야 하지 않을까?

　첫 라이브 방송을 하던 날, 나는 온 힘을 다해 n&n's
에게 물려받은 주얼리를 소개했다. 각 피스마다 그에
걸맞은 메이크업과 의상을 준비해 목걸이 하나, 귀걸
이 하나, 브로치 하나가 한 인간을 얼마큼 변화시킬 수
있는지, 우리 안에 갇힌 또 다른 우리를 얼마나 손쉽게

끌어낼 수 있는지 보여주려 했나. 한마디로 나는 귓불 끝을 겨우 가리는 작디작은 귀걸이가 한 인간에게 끼치는 영감의 최대치를 드러내려 했다. 내가 방송을 준비하며 레퍼런스로 삼은 사람은 가수 콘치타 부르스트와 구찌의 새 시대를 견인한 전前 크리에이티브 디렉터 알레산드로 미켈레와 예수 그리스도였다. 나도 그들처럼 머리카락을 어깨까지 늘어뜨리고 인중과 턱을 수염으로 뒤덮고 티셔츠 넥을 잡아당겨 오프숄더로 만들고 고불고불한 가슴 털 위로 목걸이 열두 줄을 낭만적이고 난잡하게 드리우고 눈가에 까보숑과 보색 대비를 이루는 아이섀도를 칠하고 주얼리 하나당 40분씩 들여 n&n's가 내게 남긴 선물을 세상에 열렬히 소개했다.

나를 탈진 직전까지 몰아간 방송이 끝나고 나는 'MZ_vintage_lover'라는 분께 다음과 같은 다이렉트 메시지를 받았다. '님, 그냥 드래그가 하고 싶으면 하세요. 메이크업하는 드래그 퀸은 많지만 아직 주얼리 코디네이션을 하는 드래그 퀸은 없답니다. 블루오션을 노려보세요. 파이팅! 사랑하고 응원합니다.'

이제 n&n's가 나에게 남긴 유언에 대해 말해야겠다. '지층에 사는 click 군에게'로 시작하는 유언은, 바로 이어 호칭을 갑작스레 바꾸어 나를 당황하고 슬프고 화나고 웃음 짓게 만들었다.

'아가씨!'

이 아줌마야, '아가씨'는 내가 나를 부를 때는 쓸 수 있지만 당신이 나를 부를 때는 쓰면 안 되는 호칭이야, 나는 속으로 말했다.

'선물이야. 진짜 보석은 하나도 없지만…… 시집갈 때, 예물로 써!'

그렇게 나는 남편을 따라 죽은 여자에게 578개의 빈티지 주얼리를 미래의 예물로 선물받았다. 한 쌍의 부부가 죽었고 혼인율은 곤두박질치고 있으며 나, 드래그 click은 결혼할 생각이 추호도 없고 여남 쌍이 씹다버린 한물간 제도를 나는 아직도 누리지 못한다는 현실이 어이가 없고 그렇지만 n&n's의 머리카락을 넣어 만든 하트 로켓 목걸이가 가슴을 아프게 칠 때면 나는 두리번대며 남편감을 찾는다.

키가 170센티미터 이하이고 오리 엉덩이에 짧은 다리로 힘차고 야무지게 걷는 내 식성의 남자들의 굵은 목에 불가리 목걸이를 휘감아주고, 오동통한 검지에 까르띠에 반지를 끼워주고, 아프게 사랑하다 드라마틱하게 이혼하는 꿈을 꾸다가 깨닫는다. n&n's의 남편이 옆구리에 끼고 다니던 n&n's의 소망이 나에게 옮겨붙었구나.

인
터
뷰

이미상×홍성희

홍성희 〈소설 보다〉에서 다시 만나게 되어 반갑습니다. 앞서 세 편의 소설을 함께 했는데, 가을에는 처음 인사 나누어요. 한 해의 절반을 넘어선 나날들을 어떻게 지내고 계신지요.

이미상 다시 뵙게 되어 반갑습니다. 오랜만에 이미상이라는 이름으로 불리고 질문을 받다 보니 긴장되고 어색하네요. 인터뷰 답변을 잘할 수 있을지 모르겠습니다. 작년에 이어 올해도 글을 많이 쓰고 많이 버리는 날을 보내고 있습니다. 장편소설을 처음 시도하느라 애를 먹고 있는데요. 그래도 무식하리만큼 시간을 허비하고 몸을 부딪쳐 써나가면서 장편소설이 무엇인지 배운다는 생각이 듭니다. 실패하더라도 잃을 건 없다, 글을 쓰는 행위 자체가 주는 충족감을 기억하자, 되뇌려 노력 중입니다. 그나저나 시작부터 장황한 신세한탄이네요!

홍성희 「옮겨붙은 소망」은 "나도 내가 아는 부부에 대해 한번 이야기해볼까 한다"는 '나'의 목소리로 시작해요. '이제부터 이야기 시작!' 하고 선언하는 이야기꾼의 말에 빨려 들어가 바로 그가 전하는 이야기에 몰입하게 되면서도, 자꾸 사방치기를 하고 시큰둥함을 가장하는 이 화자의 목소리에 시선 한쪽을 고정시켜두게 되는데요. 그런 '나'에 더하여 소설 속에는 어떤 이야기를 전하거나 만들어내는 여러 인물과 텍스트 들이 가득합니다. 그들은 서로 다른 이야기들 사이에 '계시' 같은 관계성을 부여하여 다른 층위의 이야기를 만들기도 하고요. 어쩌면 이 소설의 이야기꾼들은 이야기 속 인물이 무엇을 느끼고 겪는가만큼이나 이야기를 만들거나 전하는 사람이 이야기 속 인물이 무엇을 느끼고 겪었다고 말하고 싶어 하는가, 그 마음의 문제를 드러내고 있다는 생각이 들었습니다. 만들고 배치하고 가시화하여 결국 이야기를 나누려 하는 마음에는 이야기꾼의 어떤 표정들이 깃들어 있을까요? "부부 이야기"를 하는 '나'의 이야기를 적을 때 작가님은 어떤 표정의 마음을 품고 계셨는지 궁금합니다.

이미상 돌이켜보면 저는 소설의 대략적인 구상은 가지고 있지만 첫 문장은 어느 날 아침에 일어나 거의 우연에 의지해 후루룩 써버립니다. 그러고는 바꾸지 않습니다. 이 소설뿐 아니라 많은 소설에서 그랬던 것 같아요. 글이라는 것은 자유도가 지나치게 크지요. 예컨대 부부 이야기, 쇼핑 라이브 방송 문화, 빈티지 장신구, 사회와 개인의 대비 같은 주제와 소재가 거의 정해졌다 해도 이것을 어떤 화자가 어떤 톤으로 말하게 할지, 각각의 조각을 어떠한 방식으로 연결할지 경우의 수가 너무나 많아요. 예컨대 「옮겨붙은 소망」을 n&n's가 직접 이야기했다면 완전히 다른 소설이 되었을 겁니다(왠지 공포물이 되었을 것 같네요). 그렇기에 직관에 의지해 만든 첫 문단을 글에 박고 그것에 묶여 글을 써나갑니다. 첫 문장이 설정한 한계 내에서 쓰는 것이지요. 그러니 첫 문장을 적고 나서야 제가 어떤 부부의 이야기를 전하는 화자를 필요로 했다는 것을 알게 되었습니다. 그리고 글을 써나가며 막연했던 화자의 이미지가 점점 잡히고, 그에 따라서 이전에 썼던 분량을 계속 수정하는 편입니다. 제가 생각한 화자의 이미지가 있기는 하지만 작가가 직접 '캐해'(캐릭터 해석)해버리면, 그 캐릭터는 소설을 읽는 n명이 만들어낼 n개의 색채를 아깝게 잃는 것이므로 말을 아끼고 싶습니다. 단, 제 마음속 화자는 태평하고 씩씩한 사람이었습니다.

인터뷰 이미상×홍성희

홍성희 이미상 작가의 소설은 어떤 서사를 만들고 그것에 대한 믿음에 기대어 사는 인물들을 꾸준히 그려온 것 같아요. 『이중 작가 초롱』(문학동네, 2022) 속 "하긴 하는 남자"라는 자의식에서 딸에 의해 깨부수어지는 '정正'이 되고 싶어 하는 '김'(「하긴」)이나, '균형'을 계산하는 믿음에 근거해 스스로에게 '몫'을 부여하는 아이들(「무릎을 붙이고 걸어라」)과 '수진'(「여자가 지하철 할 때」), 혹은 소설·신문·기억 속 인물 들(「이중 작가 초롱」「여자가 지하철 할 때」「살인자들의 무덤」), '대신하는' 방식으로 싸우고 견디고 지키는 구도를 반복하는 '모래 고모' '무경' '목경'(「모래 고모와 목경과 무경의 모험」) 등 대리 만족, 대속, 대행, 어떤 이름으로 불리던 누군가 무언가를 대신하거나 대체함으로써 '구원'이 이루어지길 바라는 믿음의 서사가 인물들의 이야기를 켜켜이 겹쳐왔다고 저는 읽었는데요. 그런데 「옮겨붙은 소망」에서 '소망'은 그런 믿음과 연결된 채로, 다르게 느껴졌습니다. n&n's가 소망을 품고 n&n's의 남편이 그것을 '대신' 실현해내는 때에, 적어도 n&n's는 그 결과가 '구원'으로 귀결될 필연성은 없다는 것을 아는 것처럼 보였기 때문일 듯해요. '나'의 시선에서 n&n's의 돌진이 "자충수를 넘어 적극적인 자학 행위"로 읽히기도 하는 것처럼요.

구원을 믿든 믿지 않든 수를 두며 나아가야 하는 바둑판 위에서 우리는 각자 삶이라는 집을 짓고 있을 텐데요. 저는 바둑을 잘 알지 못하지만 이기거나 지는 결말로, '행복'이나 '비극' 중 하나로 반드시 결론 나지 않아도 된다면 '자충수'를 두는 일은 조금 다른 의미가 될 수도 있을까요. n&n's의 사후에 '나'의 언어 속에서 n&n's의 삶이 그려지는 방식을 '나'가 품은 애정과 존중에 기대어 이야기 나누어보고 싶습니다.

이미상 저는 왜 이렇게 대속, 대행을 좋아할까요? 사례를 모아주시니 더욱 한눈에 보입니다. 아마도 개인적인 이유가 있겠지요. 이 소설을 쓰며 제 머릿속을 메웠던 이미지는 서로의 발뒤꿈치에 불을 붙이는 사람들이었습니다. 장난꾸러기들처럼 상대에게 몰래 다가가 자꾸 발에 불을 놓고, 그러면 상대는 불붙은 발로 펄쩍펄쩍 뛰면서 어딘가로, 도착지가 천국이든 지옥이든 상관없이 막 달려가고, 다시 돌아와 불을 붙였던 사람에게

나시 불을 놓고. 이렇듯 계속해서 불이 옮겨붙으며 어쨌든 가만히 있지 못하는 사람들의 이미지가 있었습니다. 방향성이 아니라 움직임과 그 움직임을 촉진하는 존재가 더욱 중요했습니다. 그래서 n&n's 부부를 떠올릴 때 제가 선배로 모신 작품들은 슬랩스틱코미디와 〈톰과 제리〉였습니다. 그들은 쉴 만하면 서로를 들쑤시는 부부이거나, 또는 사실은 전혀 그렇지 않은데 n&n's 혼자 그렇게 상상한 부부일 듯합니다.

홍성희 '나'는 오래된 "부부 이야기"와 n&n's 부부의 이야기를 계속 겹쳐둔 채로 보려 해요. 「세이사쿠의 아내」와 빈티지 모자 핀에 얽힌 이야기와 n&n's 부부의 '비극'을 연결하듯이요. 「그림자 없는 남자」의 부부 이름을 따 n&n's라는 타투를 새기고 인스타그램 아이디를 만들어 자기 서사를 구축하는 n&n's 자신도, '부부 이야기'의 틀을 스스로 겹쳐 입는 것 같습니다. "미래의 예물"을 주며 그 이야기를 '나'에게 다시 겹쳐두려 하기도 하고요. n&n's를 애도하는 일은 '나'에게 결혼할 생각 없이도 남편감을 찾게 하고, 그렇게 이야기는 견고하게 관계와 서사를 규정해

버리는 것처럼 보이기도 하는데요. 하지만 실상 n&n's에게도 '나'에게도 이야기는 그런 방식으로 '상속'되지 않는다는 것이 저는 반갑게 느껴졌습니다. 빈티지 보석들에는 견고한 이야기가 덧붙어 있지만 n&n's는 그런 '역사'에는 관심이 없고, '나'는 그것을 듣고 싶어 하지만 자기가 보석들로 이야기를 만들 때에는 그 '역사'를 되풀이하는 것을 넘어 그것들이 지금 여기의 이야기를 어떻게 꾸려가게 해주는가를 더 중요하게 말하고자 합니다. 이야기는 현금처럼 정확한 '값'으로 '상속'되는 대신 현물처럼 이동하며 새로운 배치 속에 놓일 수 있고, 그것이 '나'가 징글징글해하면서도 '부부 이야기'를 쓰는 배경이자 이유일 것 같아요. '부부 이야기'를 경유하여 자신의 이야기를 꾸린 '나'의 이후를 상상해본다면 이야기는 어떻게 이어지고 있을까요? '옮겨붙은 소망' 다음을 조금 내다볼 수 있을까요?

이미상 '나'는 n&n's가 빈티지 장신구를 통해 남긴 유지를 받들며 살아갈 텐데 아마도 자기 멋대로 받아들일 것 같습니다. 제가 주로 매료되는 인물은 죽은 사람을 그리워하고 그가 남긴 정신과 가치

인터뷰 이미상×홍성희

를 이어나가겠다고 굳게 다짐하지만 죽은 사람
이 하늘에서 보기에는 '아…… 내 말은 그게 아
니었는데……' 할 만큼 엉뚱하게 잇는 사람입니
다. 제 생각에 '나'는 n&n's가 살아생전 소중히
모은 빈티지 장신구를 다 팔아버릴 것 같습니다.
하늘에서 n&n's의 영혼이 피눈물을 흘릴 일이지
요. 저건 못 팔게 다시 지상으로 내려가고 싶다,
부활하고 싶다, 생각할 겁니다. 그럼에도 '나'라
는 사람은 장신구를 팔아 애인에게 불가리 비제
로원 목걸이를 선물할 것 같아요. 이것이 별것 아
니게 보일지 모르지만, 저에게는 두 사람의 추억
이 담긴 물건을 다 팔아 현금화하는 것이 약간의
잔인함과 자유로움을 암시하는 것 같습니다. 그
리고 상상을 이어나가 보자면 그렇게 수백만 원
짜리 불가리 목걸이를 선물했음에도 나는 애인
에게 차이고 울고…… 화장을 고치고요(머릿속
어딘가에서 가수 왁스가 부른 동명의 노래가 들려
오네요). 그러나 그즈음에는 드래그 전문가로서
수정 메이크업을 매우 능숙하게 해내겠지요.

홍성희 작가님의 첫 소설집에서 '상상력이 머무는 범위
는 크게 변하지 않는다'는 의미의 문장을 읽은

기억이 나요. 시간을 비관하게 된다면 상상력의 한계가 큰 요인이 될 텐데요. 하지만 어떤 편협이 그저 그대로인 반복은 아닐 수 있다면, 시간을 사랑하는 일은 여전히 가능할 것도 같아요. 「옮겨붙은 소망」에서 시간성이 중첩되는 장소들이 계속해서 만들어지는 것이 이 소설을 커다란 애정의 품으로 읽게 했습니다. '나'는 콘치타 부르스트, 알레산드로 미켈레, 예수 그리스도를 동시에 "레퍼런스로 삼"아 자신을 보이고, 타인에게서 도착한 호칭 "click 군"과 "드래그"을 더하여 "드래그 click"이라는 조어로 스스로를 호명해보는데요. "낡고 슬프고 지치고 상실을 간직한 사물에 대한" 애정과 n&n's에 대한 애정, 그리고 자기 자신에 대한 애정이 함께인 '나'의 라이브 방송이나, '터치'의 시간으로 미처 넘어오지 않은 n&n's의 시차를 간직한 호칭 들이 품고 있는 시간의 폭을 생각하면 우리의 현재란 시간을 향해 얼마큼의 품을 벌려낼 수 있는가 하는 고민 속에서 다양한 방법을, 조어를 선택할 수 있는 자리라는 생각이 들어요. 이미상 작가가 말의 조합으로 잠시 현재에 이름을 붙여본다면 어떤 조어가 만들어질까요.

이미상 몇 번을 읽어도 눈시울이 붉어지는 질문입니다. 소설을 쓸 때 저는 부끄럽게도 의식하지 못하였으나 질문을 읽고 오히려 뒤늦게 여러 시간대가 뭉쳐져 큰 기둥이 되어 현재의 순간을 쿵쿵 내리치는 이미지가 그려졌습니다. 일상에서 제 자신이 이런 경험을 자주 하는 것 같습니다. 저뿐 아니라 많은 분이 그렇겠지요. 현재 A를 경험하고 있으나 그것으로부터 연상된 수많은 추억이 떠올라 머릿속은 A를 지나 Q까지 가 있겠지요. 그러다 A에서 Q까지가 뭉쳐져 이름 붙일 수 없는 거대한 감정의 기둥이 되고, 때로는 그 기둥이 쿵쿵 내리치는 진동에 마음이 뒤숭숭해지기도 하겠지요. 다행히 '나'는 무엇보다 자신을 말없이 많이 아꼈던 사람과의 추억 속에서 지내기에 슬프지만 행복합니다. 그가 현실에서 보는 많은 사물과 느끼는 경험에 n&n's와의 추억이 들어 있을 겁니다.

홍성희 n&n's의 남편은 이야기 속에만 존재하는 것 같습니다. 이야기를 전하는 '나'와 마주치는 장면이 나오지 않기 때문이기도 하겠지만 n&n's, '우리 부부의'라는 소유격이 그 소유격을 몸에 새기고 있고 또 소유격으로 칭해지는 n&n's에게 귀속되어 있는 것 같기 때문이기도 한 듯합니다. n&n's의 죽음은 소유격의 소유자를 더욱 굳건히 하기도 하는데요. 그러나 남편의 사망을 '직접 본' 이들에 의해 남편의 이야기는 n&n's에게만 귀속되지 않기도 합니다. 자꾸 '집'에 들어오고 정리하고 청소하는 활동가가 있고, n&n's와 활동가의 언어를 모두 기록하는 '나'가 있는 한, 이 부부의, n&n's 이야기는 그들'에 관한' 이야기로 자꾸 열리게 되어요. 그런 소유 가능성과 불가능성의 중층 가운데에서 끝내 이야기를 소유하고 싶어 하는 마음에 대해 곱씹어 생각하게 되었습니다. n&n's의 견고한 간절함에 대해 이야기를 덧붙여주실 수 있을까요?

이미상 재밌는 점은 처음 이 소설을 구상할 때 '나'와 남편이 마주치는 장면이 있었다는 것입니다. 두 사람이 치과에서 마주치는 에피소드가 있었습니다. '나'는 치과에서 우연히 남편이 치과 데스크 직원의 투쟁에 동참해 그와 함께 바닥에 누워 있는 모습을 목격합니다. 일명 '뒤주대첩'이라고 불리는 근골격계 질환 관련 투쟁이었는데요. 나

인터뷰 이미상×홍성희

름 공들어 썼습니다만, 재교 단계에서 다시 읽어
보니 삭제하는 것이 좋을 것 같아 뺐습니다. 그
부분이 들어간 이유는 말씀해주신 대로 남편이
n&n's의 시선에 포박되어 있기에 그 감옥에서
그를 빼내어 독립된 존재로 그리기 위해서였습
니다. 그런데 문제는 남편까지 자기 목소리를 갖
자 부부 관계가 너무 중요해진 나머지 '나'의 목
소리가 작아지는 것 같았습니다. 그래서 해당 부
분을 삭제하고 후반부에 '나'의 비중을 늘렸습니
다. 여전히 소설 속 균형에 있어서 불만족스러운
부분이 있지만 그것은 다음 소설에서 해결해야
할 과제겠지요.

그리고 n&n's는 자기 부부의 서사를 대단히
확고하게 결정지은 사람입니다. 특히 남편이 죽
어 오직 자신만이 두 사람에 대해 말할 수 있게
된 상황에서도 다른 가능성을 염두에 두지 않습
니다. 오싹한 구석이 있는 사람이지만 그런 믿음
없이는 버틸 수 없기 때문인지도 모르겠습니다.

홍성희 'n&n's'와 남편 사이에서는 'n&n's'가 발신하는
말이, 'n&n's'과 '나' 사이에서는 '나'가 송출하
는 라이브 방송과 소설의 언어가 '소망'과 '실천'

을 연결하는 매개가 되어요. 그 매개를 움직이게 하는 것은 '말해지지 않은 마음'일 것 같습니다. 그런 연결에 대해 내내 생각하게 됩니다. 작가님이 지금 연결되어 있는 것에 대한 이야기와 앞으로의 계획에 대해서도 소개 부탁드립니다.

이미상 언제나 매일의 일상에서 저에게 중요한 것은 글과 연결되는 것뿐 아니라 글과 연결을 어떻게 잘 끊는가 하는 것입니다. 글과 연결되어 있을 때는 사랑하는 가족과 친구 들이 보이지 않고 때로는 그들을 속상하게 만듭니다. 반대로 요새는 그래도 사람 구실 좀 한다, 관계에 정성을 기울인다, 싶으면 삶이 주는 즐거움과 의미에 푹 빠져 글은 꼴도 보기 싫어집니다. 그러나 이러한 고민이 어디 작가의 것이기만 하겠습니까. 독자 여러분도 몰두의 영역과 그 몰두가 낳은 괴로운 결과가 있으시겠지요. 좋아하는 것과 깊이 연결되면서도 또한 현명하게 연결을 끊으며 좋은 균형 감각을 찾는 것이 저의 한결같은 목표입니다. 마지막으로 앞으로의 계획은 소설을 쓰면서 역으로 소설에 대해 배우는 것입니다.

슬픈 마음 있는 사람

정기현

2023년 문학웹진 <LIM>을 통해
작품 활동을 시작했다.

서울외곽순환고속도로는 서울 외곽을 돈다. 거여동에서 도로는 정식 명칭 대신 거여고가교라는 이름으로 불리었다. 거여동 주민들은 마을 위를 지나는, 때때로 마을보다도 커 보이는 다리를 올려다보며 여기가 바로 서울 외곽이구나 깨닫지는 않았고, 그 대신 와 정말 크다, 무너지면 동네가 통째로 사라지겠네 하는, 다리를 보면 누구나 할 법한 생각을 했다.

사람 다섯이 팔을 펼쳐 감싸도 모자랄 만큼 두꺼운 기둥이 일정한 간격으로 고가교를 받치고 있었다. 기둥은 낙서들로 우글거렸다. 어떤 것들은 사다리에 올라타 써 넣었나 싶을 만큼 꼭대기에 있기도 했다. 대개 의미를 알 수 없는 그림들, 혹은 광고성 전화번호였다. 어떤 낙서는 연속되었다.

김병철 들어라 31. 당신은 우리를 파멸시켯고 나와 내 가족들을 구렁텅이에 처넣엇다 죽어야 마땅한 사람아

낙서는 동네 곳곳에서 산발적으로 발견되었다. **김병철 들어라 17**은 버스 정류장 옆 전봇대에, **김병철 들어라 4**는 철거를 앞둔 빌라 외벽에, **김병철 들어라 8**은 한 동짜리 아파트 분리수거장 울타리에 써 있는 식이었다.

걸을 때의 기은은 본래 생각하는 사람이었다. 풍경
과 사물, 행인 들을 살필 새가 없었다. 그런데 언제부
턴가 기은은 자신이 걸을 때 평소처럼 공상에 빠지는
대신 또 다른 **김병철**을 찾아 가로수나 전신주 따위를
유심히 들여다본다는 것, 그렇게 **김병철** 외에는 텅 비
어버린 머리로 두리번거리며 발을 내딛고 있다는 것
을 문득 알아차렸다.

*

준영과는 평일 교회에서 만나 가까워졌다. 주일 아
닌 날의 교회는 저녁기도회가 있는 수요일을 제외하
면 교회보다는 도서관이나 베이커리에 더 가까웠다.
아무나 들어와 책을 읽거나 목사가 구워둔 빵을 먹거
나 커피를 내려 마실 수 있었다. 교회는 그런 곳이었
다, 찾아오는 사람을 막지 않고 무작정 환대하는.

지난 주일예배가 끝난 뒤의 다과 시간, 사모가 기은
앞에 직접 뜬 수세미 몇 개를 내려놓으며 말했다.

기은 씨가 온 지 벌써 한 달이 되었네요. 책 좋아한
다고 들었어요. 평일 아무 때나 들러 책 읽어도 돼요.

커피도 마시고요. 빵도 먹고요. 창고에 탁구대도 있어요. 피아노를 쳐도 되고요. 오전 10시부터 한밤이 되기 전까지는 늘 열어두니까.

기은은 네 그럴게요, 답하며 수세미 하나를 챙겨 가방에 넣었다. 평소 같았다면 그런 말들을 인사치레로 넘겨버리고 행동에 옮기는 일은 없었겠지만, 교회란 지난 한 주의 잘못을 참회하고 다른 많은 사람을 위해 전심으로 기도하기로 약속한 장소인 데다가 일반 성도라면 몰라도 사모라면 누구보다 교회 그 자체인 사람일 테니 기은이 그때 알겠다고 했던 대답은 진심이었다. 기은은 그 주 목요일 오전부터 교회에 나와 책을 읽기 시작했다. 사모의 말을 그대로 믿고 행하는 것은 기은이 교회에 마음을 다하는 한 방식이었다.

평일 오후의 교회에는 아이들이 많았다. 아이들은 동화책 코너에 자리 잡고 앉아 조용히 책을 읽었다. 때때로 자리에서 일어나 냉장고를 열어 아무렇게나 빵을 갖다 먹기도 했다. 기은은 아이들과 멀리 떨어진 자리에 앉아 소설책을 읽었다. 첫날은 집중이 잘 안 되어 아이들 구경으로 시간을 보냈다. 빵을 잘도 가져다 먹는구나. 가루를 흘리지 않고 먹는 법은 어디서 배웠을까? 기은은 그렇게 며칠간 교회에 들러 같은 책을 읽

슬픈 마음 있는 사람

었다. 책을 다 읽어갈 때쯤 기은도 주빙에서 물 한 잔 정도는 자연스레 떠다 마실 줄 알게 되었다.

기은을 제외하면 이 시간 교회를 찾는 성인은 준영 뿐인 것 같았다. 매주 주일예배에서 마주치긴 했지만 이야기를 나누어본 적은 없기에 도서관이 된 교회에서도 고개인사만 나누고 각자 자리에서 할 일을 했다. 준영은 아이들만큼 아무렇게나 빵을 갖다 먹었다. 사모가 괜찮다고 했어도 엄연히 교회의 냉장고인데 저렇게 굴어도 되나? 한 입 베어 물 때마다 준영의 입가에서 빵가루가 후드득 떨어졌다. 이런, 아이들보다도 못한…… 괜히 초조한 마음이 되어 그쪽을 거듭 엿보다 보니 기은은 곧 준영이 무엇을 읽고 있는지를 알아보았다. 기은이 고등학교 시절 한창 빠져 있던 수영 만화였다. 스포츠 만화 재밌는데. 뭘 하지 않아도 숨찬 운동을 한 것 같은 효과를 준다. 기은은 친한 친구에게 만화를 신나게 소개해주던 때를 떠올렸다. 스포츠 만화 좋은 점이 뭔 줄 알아? 기은의 질문에 고개를 젓는, 이름이 어느새 가물가물해지고 만 친구. 주인공들이 나 대신 내 땀을 다 흘려준다는 거야.

처음 고른 소설을 완독한 다음 날, 기은은 10시부터 교회에 나갔다. 가자마자 만화책 코너에서 다섯 권짜리 탁구 만화를 골랐다. 내친김에 냉장고를 열어 꽝꽝

언 크림빵 하나도 꺼내 먹었다. 녹다 만 크림이 서걱서걱 씹히고 입안이 뜨거울 만큼 시려 숨을 후, 내뱉자 김이 뿜어져 나왔다. 그렇지만 결코 춥지는 않았는데 그건 다 한 컷도 치열하지 않은 순간이 없는 만화 덕분이었을 테다.

마지막 권을 읽고 있을 때 준영이 들어왔다. 고개인사. 준영은 그날따라 부엌을 몇 번씩 오가며 기은이 앉은 자리 쪽을 흘끔거렸다. 치열한 탁구 대련 신을 읽던 차에 기은은 준영의 따가운 눈빛이, 어서 그 책을 다 읽고 자신에게 넘기라고 채근하는 듯한 부산스러운 몸짓이 신경 쓰여 만화 속 탁구대 위로 튀어 오른 공이 어디로 가는지 제대로 따라갈 수가 없었다.

기은이 같은 페이지에만 몇 분째 머무르고 있을 때, 준영이 기은에게로 다가왔다.

교회에 탁구대 있는데. 탁구 칠 줄 아세요?
아, 조금요.

준영은 창고에서 새파란 이동식 탁구대를 꺼내 왔다. 탁구대 바퀴가 굴러감에 따라 아이들의 고개도 천천히 돌아갔다. 준영은 의자와 탁자 들을 한쪽으로 치우고 탁구대를 펼쳤다. 테이블 가운데 네트를 끼우고

슬픈 마음 있는 사람

라켓을 고른 뒤 하나를 기은에게 건넸다.

둘은 탁구를 치기 시작했다. 기은의 머릿속에는 방금 읽다 만, 한 선수의 무릎을 평생 못 쓰게 만들 수도 있을 만큼 불꽃 튀던 대회의 잔상이 남아 있었고, 그 이미지 탓인지 기은은 탁구채를 세게 후리거나 공을 터무니없이 깎게 되었다. 화려한 잔상과는 달리 기은으로부터 출발한 공은 궤적이 일정하고 또 따분했다. 탁구공 튀는 소리가 계속되는데도 어쩐지 교회 안이 전보다 조용해진 것 같았다. 기은 안에 맴도는 장면들의 열기를 잠재울 만큼 고요한 리듬이었다. 기은은 곧 만화에서 빠져나와 눈앞의 잔잔한 대결에 몰두하였다. 준영이 똑— 넘긴 공을 기은이 다시 딱— 넘기는 것으로 두 시간을 보냈다.

*

때때로 낯선 사람이 불쑥 교회를 찾았다. 전체 성도 수가 스무 명이 채 안 되고 예배당도 작아서 새로운 사람이 오면 그를 지나칠 때마다 꼭 한마디씩 말을 걸어야만 할 것 같은 부담감에 시달려야 했다. 원래 교회는 다녔는지, 이 동네 사람인지, 여기는 어떻게 알고 찾아왔는지. 성도들은 교회에 관한 대화의 포문을 열어주는 질문들을 환영 인사처럼 건넸다. 지나온 시간과 스스로를 돌아보게 만드는 질문들 탓인지, 아니면 교회에는 원래 그런 사람들이 자주 오는 것인지, 낯선 이는 어디서부터 시작해야 할지 모르겠다는 말을 시작으로 끝나지 않는 긴긴 얘기를 늘어놓았다.

교회에 와서야 털어놓는 이야기라는 것이 대개 먹고사는 문제와는 관련이 없으나 그 나름대로는 충분히 무거운 것들이라 이들의 장황한 이야기는 붕 떠올라 당사자만 아는 리듬대로 흘러갔다. 그들 곁에 마지막까지 남아 있는 것은 주로 목사와 사모뿐이었다.

자리를 뜰 순간을 놓치는 바람에 기은도 목사, 사모와 함께 길 잃은 나그네의 인생 방황기를 한 시간 넘도록 들어야 했던 날이 있었다. 그가 기은에게만 시선을 두는 바람에 일어나기가 더욱 어려웠다. 질문을 퍼붓던 성도들은 어느새 주방 정리를 하겠다며 하나둘 빠져나간 지 오래였다. 그의 일대기는 중학교 시절에만 한 시간째 머물러 있었다. 마침내 그가 말을 멈추고 물 한 모금 마실 때 기은은 지금이다! 얼른 일어나야지, 생각했으나 그는 곧장 그래서 고등학교 때는요, 하고 이야기를 이어나갔다. 아무리 생각해도 탈출구가 보이지 않았고 이야기는 끝날 기미가 없었다. 막다른 길에 다다른 기은은 아무런 양해도 구하지 않고 자리에

슬픈 마음 있는 사람

서 벌떡 일어나 서벅서벅, 문을 열고 교회를 벗어나 그
대로 집으로 갔다.

주일날처럼 주보에 시간과 순서가 명시된 것은 아
니었지만 평일의 교회에도 질서가 있었다. 기은이 점
심시간이 다 되어서 교회에 가 책을 읽고 있으면, 이른
아침부터 와 있었을 아이들은 3시쯤 집으로 돌아가고
늦은 오후에 준영이 나타났다. 간헐적으로 출현하는
사람들도 있었지만 그들이야 질서 안에 들어올 수 없
는, 그저 지나가는 이들이었다.

기은도 준영도 날을 정해 교회에 가는 것은 아니었
으나 만나면 약속이라도 한 듯 인사를 나누고, 한두 시
간 책을 읽다 탁구를 쳤다. 그러다 목이 마르면 주스
를 꺼내 마시거나 커피를 내려 마셨고 배가 고프면 빵
을 꺼내 먹었다. 집에 돌아갈 때는 늘 각자 교회를 나
섰다. 대개 기은이 먼저 조심히 들어가세요, 인사한 뒤
문밖을 나서곤 했다. 준영을 잠시 기다릴 수도 있었겠
지만 교회 바깥에서는 둘이 함께 걸어본 일이 없어 망
설여졌다. 교회의 안과 밖은 그렇게 달랐다.

그러나 문밖으로 먼저 나서기 위해 아무리 서두른
다고 해도 엎질러진 물컵을 모른 척할 수는 없었다. 기
은이 탁자 아래로 뚝뚝 떨어지는 물까지 모두 닦아냈
을 때, 준영도 나갈 채비를 모두 마쳤다. 둘은 처음으

로 함께 문으로 향했다. 기은은 순간 화장실에 들렀다 갈 테니 먼저 가시라고 말할까 망설였지만……

어느 쪽으로 가세요?

준영이 물었다.

고가도로 쪽 사거리로요.

거여고가교까지 둘은 함께 걸었다. 기은은 교회에서 만난 사람과 어떤 이야기를 나누어야 할지 몰라 말없이 걸었다. 준영에게 몇 살인지, 무슨 일을 하고 있는지, 무슨 일을 하고 싶은지, 혼자 사는지, 가족과 사는지 이런 것들을 물어볼 수도 있겠지만 교회 바깥으로 나왔다고 이런 것들을 물어도 되는 걸까. 준영도 똑같이 조심하고 있는 것인지, 교회를 오래 다닌 사람들에게는 이런 원칙이 있는 것인지, 그게 아니면 본래 이런 질문들에는 영 관심이 없는 것인지, 준영 역시 기은에게 세상적인 질문들을 건네는 법이 없었다.

기은은 눈앞에 보이는 것들에 대해 말했다. 가령 오래된 동네의 커다란 나무 이야기 같은 것들. 방금 지나간 남자 머리 가발인 것 같지 않아요? 이사 온 지 2년

슬픈 마음 있는 사람

이 다 되도록 동네에 이렇게 키다란 고기교기 있는 줄
도 몰랐잖아요. 교회를 이쪽으로 다니지 않았다면 더
오래 몰랐을걸요. 지나치는 것마다 지나치지 않고 말
로 만들어 내뱉는다. 처음에는 어색했지만 하다 보니
계속할 수 있었고 오히려 이편이 더 편하다고까지 생
각하게 되었다. 이런 대화라면 끝없이 할 수 있을 뿐
아니라 자신에 대해 말하지 않고도, 또 준영에 대해 묻
지 않고도 대화를 이어갈 수 있었다. 이 동네를 이루는
건물과 나무, 사람 들을 이렇게 자세히 관찰했던 적이
있었나, 기은은 동네에서 유독 자주 들리는 새소리와
그 종에 관한 이야기도 했다.

기둥에 있는 낙서도 봤어요?
낙서?

기은에게 동네 곳곳에 널린 **김병철 들어라**의 존재를
처음 알려준 것이 준영이었다. 준영이 마주친 **김병철
들어라** 중 가장 최근에 쓰어진 것으로 추정되는 낙서
는 **김병철 들어라 156**이었다(에미 애비도 몰라볼 **김
병철 들어라**).

156개의 낙서를 차례차례 목격한 것은 아니고 그중
실제 본 것은 20, 30개 정도. 대부분은 **김병철 들어라**

넌 곧 파멸한다는 식의 단순 경고였다. 낙서 주인이 김병철에게 왜 그렇게 큰 원한을 갖고 있는 것인지, 간혹 그 근거가 담긴 낙서도 있었다. 그런 낙서는 상대적으로 귀하다고 했다. 준영은 낙서한 본인 혹은 그의 가족 중 누군가가 김병철 때문에 큰 화를 입었으며 김병철도, 낙서를 쓴 사람도 남자로 추정된다고 했다(**김병철 들어라 개잡놈아 우리가 한때 부랄 친구이던 시절이……**). 낙서 주인 혹은 그의 가족은 무언가를 팔거나 배달하는 일에 종사했다. 그게 뭐였는지는 모르지만. 낙서 주인이 이곳을 옛 지명으로 부르는 것으로 보아(**김병철 들어라 까치동산은 내게 창살 없는 감옥이었고……**) 적어도 15년 전에 기록된 낙서임이 분명했다.

저 좀 이상해 보이나요?

그동안 김병철에 대해 알아낸 모든 것을 털어놓은 뒤 준영이 말했다.

*

작은 교회의 성도들은 나이가 많았다. 기은이 교회에 다닌 세 달 남짓한 시간 동안 두 번의 장례식이 있있다. 열일곱이있던 성도가 열다섯이 되었다. 교회는 내내 추도 의식에 잠겨 있었다. 슬픈 사람은 슬픔 한가운데 서 있었고 실은 슬프지 않은 사람들은 슬픈 얼굴을 하고 슬픔 한가운데 선 사람들의 기색을 살피다 집으로 돌아갔다.

기독교도의 장례식이라고 해서 모두 기독교식 장례인 것은 아니었다. 교인들이 다 함께 방문했던 지난 장례식에서는 목사의 인도하에 장례 예배를 드렸지만 이번 장례식엔 각자 참석하기로 했다. 기은이 식장에 들어서자 신발장 옆에 선 채 이야기를 나누던 성도 둘이 보였다. 들어갔다 오셨나요? 아직요. 셋은 나란히 빈소로 향했다. 한 성도는 손을 맞잡고 눈을 꼭 감은 채 기도를 했고 다른 하나는 얼마간 사진을 응시하다가 두 번 절했다. 기은은 눈을 감으면 언제 떠야 할지 몰라 그것이 두려워 마찬가지로 사진을 한 번 바라본 뒤 두 번 절했다.

문 앞에서 남편을 여읜 권사님이 기은의 두 손을 꼭 잡으며 말했다.

기은 씨, 자꾸만 장례식에 오게 돼서 어떡해요.

권사님의 남편, 그러니까 성찬식 때 **빵** 조각과 포도 주스가 담긴 쟁반을 들고 장의자 사이를 흔들흔들 걸어 다니던 집사님은 일을 마치고 집 앞에 다 와서 쓰러진 뒤 영영 깨어나지 못했다. 기은은 손끝에서부터 머리끝까지 온몸이 새빨갛게 달아오르는 것을 느끼며 아녜요, 저는…… 하고 그다음에 무슨 말을 이어야 할지 몰랐다. 적당한 위로의 말을 건네고 꾸벅 작별 인사를 했어도 그만이었을 텐데 맞잡은 손이 갑작스러워 그러지 못했다. 권사님이 다시 빈소 안으로 들어간 뒤에도 얼굴은 식을 기미가 없었고, 기은은 화장실로 가 찬물에 적신 손을 양 볼에 갖다 대었다.

장례식에서 나눈 대화는 그 장면을 오래도록 곱씹게 하는 힘이 있었다. 권사님의 슬픈 눈동자가 너무 또렷한 탓에 당황하고 말았다. 이렇게 얼굴을 가까이 두고 얘기한 것이 처음이라서.

내가 두 번 절하는 것을 권사님도 보았을까? 기은은 장례식장에서 집까지 걷기로 했다.

큰길을 지나 골목으로 접어들자 금세 익숙한 가게들이 이어졌다. 몇 주 전 발견했던 김병철 낙서 한 구절을 지나치자 화끈거리던 기운이 좀 가라앉는 것 같았다. 기은은 곧 자신에 대해 골몰하는 대신 바깥을 보며 걸었다. 기은의 나쁜 시력으로 바라보는 세상은 실제보다 흐릿하고 많은 것이 생략돼 있었지만 나이 많은 가로수, 이상한 간판, 농구장, 족구장, 테니스장과 산책하는 강아지, 자전거를 탄 사람들은 좋지 않은 눈에도 쉽게 정체를 밝히고 말았다. 그것들을 헤아리며 걷는 일은 사물들처럼 멍해지는 일, 지나가는 한 사람이 되는 일이었다.

기은이 유일하게 외는 성경 구절이 있다. 예수의 안수를 받은 맹인이 무엇이 보이느냐는 예수의 물음에 아직 완전히 밝아지지 않은 눈으로 "나무 같은 것들이 걸어가는 것을 보나이다" 하고 말하는 구절. 사람을 보고 나무 같은 것들이라 말했던 수 세기 전의 맹인을 생각하며 기은은 저기 저 푸른 건 진짜 나무겠지, 하며 나무에 가까이 다가가 절대 다른 것일 수 없는 나무를 확인했다. 역시나 나무였던 나무 옆을 지나던 기은은 오늘만큼은 교회 앞을 지나치기 싫어 새로운 골목으로 진입하였다. 그러자 골목 끝에 기은의 몸보다 훨씬 큰 오카리나 두 개가 붙은 건물이 보였다. 오카리나? 한 걸음 한 걸음 가까워져도 오카리나는 여전히 오카리나였다. 흰색 오카리나 하나, 주황색 오카리나 하나. 흰색은 세로로, 주황색은 가로로 건물 외벽에 자리하고 있었다. 저기 오카리나 같은 것이 매달려 있는 것을 보나이다. 건물 바로 앞에 다다랐을 때까지도 오카리나가 다른 평범한 간판으로 둔갑하는 일은 벌어지지 않았다.

3F, 한국오카리나박물관. 기은은 또 다른 층위의 산책을 맞이하게 되었다는 확신 속에 잠시 그 자리에 서 있었다. 가장 낮은 층위의 산책이라면 오직 자신에 대해 골몰하며 걷기. 김병철을 저주하는 마음으로 마을을 거닐었을 낙서 주인의 산책과도 같은 층위이다. 나를 싫어하는 사람과 그 이유, 내가 좋아하는 사람과 그 이유, 손해 보지 않고 살아가기 위한 적당한 처세술, 그때 그렇게 말했어야 했어, 하는 생각들에 빠져서 하는 산책. 두번째는 나무 같은 것들이 걸어가는 것을 보면서 걷는 것. 일종의 수양과도 같은 걷기인데 커다랗고 예상 가능한 것들을 바라보며 걷다 보면 머릿속이 투명해지고 맑아진다. 맑아진 머리로는 잠을 잘 잘 수 있다. 마지막으로 가장 어렵고 때로는 커다란 용기를 필요로 하는 걷기, 바로 동네의 비밀을 파악하는 산책이다. 준영은 김병철 낙서를 유심히 들여다보다가 행인과 시비가 붙은 적도 있다고 했다. 이거 당신이야? 당신이 그랬어? 다짜고짜 우산을 휘두르며 다가오는 자에게 욕을 퍼부어줄까 하다가 준영은 그저 아무 말 없이 물러났다고 했다. 그렇게 집으로 돌아오는 길, 준영은 행인에게 맞서고자 했던 자신이 부끄러웠지만 또 동시에 그 사람을 흠씬 패주고 싶은 마음도 여전해

슬픈 마음 있는 사람

서 그러지 말자, 하나님 도와주세요, 마음속으로 기도했다고. 기은은 지금 김병철 낙서와 비슷한, 마을의 괴상한 오카리나 표정 아래 서 있다. 오늘 본 것을 잘 정리하여 준영에게 들려줄 수도 있을 것이다!

3층 계단참에는 박물관 설명이 적힌 현판이 벽면을 가득 채우고 있었다. 작은 거위라는 뜻의 오카리나는 거위 형태로 빚어진 취주악기이며 지금 형태는 이탈리아 부드리오 출신의 주세페 도나티에 의해 고안된 것이다. 현판의 설명에 따르면 오카리나박물관은 이탈리아 부드리오와 대한민국 서울 송파구 거여동 이렇게 두 곳뿐. 한국오카리나박물관에서는 천백여 점의 전 세계 오카리나를 수집 및 전시하고 있으며 관람은 무료이다. 2007년 6월에 개관했으며 화, 목, 금에는 오카리나 강습을 신청할 수 있다.

문을 열자마자 오카리나를 부는 관장이 들리는 동시에 보였다. 마치 누군가 올라오는 소리를 듣고 시작하기라도 한 것처럼 연주는 아직 전주 부분에 머물러 있었다. 관장은 분명 기은과 눈이 마주쳤는데도 오카리나 불기를 멈추지 않았다. 관장이 부는 노래는 기은도 이미 알고 있는 것이었다.

기은은 음음 음음 음음 슬픈 마음 있는 사람 음음, 하고 속으로 흥얼거리다 마침내 제목을 기억해냈다.

관장은 찬송을 4절까지 모두 불려는 것 같았다. 오카리나로 부는 가사 없는 찬송은 1, 2, 3, 4절 다 똑같이 들렸다. 레 솔 시라 솔라 솔— 레—. 기은은 끈기 있게 반복되는 찬송을 들으며 박물관을 둘러보았다. 천백여 점의 오카리나가 진열장마다 그 온전한 형태를 들여다보기 어렵게끔 빽빽하게 늘어서 있어 관람에 맞춤한 공간은 아니었다.

오카리나들은 크기와 색깔이 제각각이었으나 모양은 서로 거의 같았다. 대가족처럼 보이는 지루한 오카리나들을 지나 마침내 기은의 눈에 들어온 것은 거위모양 오카리나였다. 오카리나의 어원대로 작은 거위모양을 그대로 본뜬, 날개와 부리까지 실감 나게 조각돼 있는 정직한 모양이었다. 저런 거라면 가지고 싶다, 거위의 몸통을 양손으로 감싼 채 부리를 물고 박물관 관장처럼 「슬픈 마음 있는 사람」을 부를 수도 있을 것이다.

하나에 만 3천 원이에요.
네?
거위 모양 그거. 만 3천 원.

기은은 좀더 둘러본다고 해야 하나 고민하다가 거

위 모양 오카리나 두 개를 달라고 했다. 관장은 작은 거위 두 마리를 신문지에 감싸 검은 봉지에 넣어 주었다. 그는 기은이 구입을 마친 뒤로는 더 이상 오카리나를 불지 않았다. 그가 쥐었던 오카리나는 손때가 묻어서 변색이 된 듯한 상아색이었고 건물 외벽에 달린 거대 오카리나 둘과 똑같은 모양이었다.

*

오전 10시쯤 일어나 바나나 따위로 아침을 먹고, 어슬렁어슬렁 교회로 가 만화책이나 소설책을 읽다가 준영이 오면 탁구 치면서 빵과 커피를 먹고 마신 뒤 고가 근처를 산책하다 집으로 온다. 어느 한밤, 기은에게는 질서 잡힌 하루를 마치고 누웠을 때 드는 노곤함이 깃들었는데 이는 3개월 전 회사를 다닐 때에는 매일같이 느꼈던 감각으로 무척이나 익숙했지만 실로 오랜만이기도 했다. 복귀까지는 3개월이 더 남았고 그때부터는 또 다른 일들이 노곤함의 이유가 되어줄 것이다. 기은은 영원할 리 없는 지금의 질서를 들여다보았다. 똑딱똑딱 일상의 리듬. 준영과 주고받는 탁구공처럼. 탁구공은 똑, 딱, 테이블을 오가는데, 가끔 준영이 밤새도록 수비형 탁구 영상을 보고 왔다는 날이면 똑——,

딱(파르르 공에 스핀 먹는 소리), 픽, 다른 리듬이 된다. 다른 리듬도 리듬은 리듬이어서 곧 적응하게 되지만. 똑, 딱, 픽. 똑, 딱.

교회에 가기 전 기은은 배낭에 오카리나 두 개를 챙겼다. 책을 읽고 있으니 3시쯤 준영이 왔다. 수인사를 나눈 뒤 두 시간 후 탁구를 한 판 쳤다. 그러고 나서 반쯤 남은 커피를 들고 함께 밖으로 나섰다.

앉아서 마시고 갈까요?

고가 아래 벤치로 다가가며 기은이 말했다. 이곳에 앉아 있으면 고가 밖 자전거 타는 사람들도 볼 수 있고 고가 밑 농구장, 족구장에서 공놀이하는 사람을 구경할 수도 있었다. 지역구 출마 의원들은 진영을 막론하고 고가도로 체육 시설 및 주민 편의 시설 확충을 공약으로 내걸었다. 고가 밖을 지나가는 사람들에게는 한낮의 그림자가 따랐으나 고가 밑에 모였다 흩어지는 사람들은 발밑에 아무것도 달려 있지 않았다. 기은은 검은 봉지에 담긴 오카리나 하나를 준영에게 건넸다.

오카리나에서는 텁텁한 흙맛이 났다. 유약을 바르지 않고 초벌구이만 한 것일까? 기은은 관장이 하던 대로 왼손을 아래, 오른손을 위에 두고 오카리나를 감

슬픈 마음 있는 사람

싸 쥔 뒤 한 음 한 음 불어보았다. 어릴 때 리코더 불던 기억을 되짚어가며 음계를 더듬다 보니 곧 7음계를 모두 불 수 있게 되었다.

원래 불 줄 아나요?
아뇨. 근데 누가 부는 걸 봤어요.
누가 부는 걸 봤다고요?

기은은 오카리나박물관과 관장에 대해 말했다. 이 동네에 그런 데 있는 거 알았어요? 간판 대신 커다란 오카리나 모형이 두 개나 달려 있는 곳. 박물관이라기 보다는 음…… 어쨌든 오카리나가 엄청 많았는데요. 관장이 계속 불던 찬송이 이거였거든요. 멜로디가 레 솔 시라 솔라 솔— 레— 미 라 파미 파미 레. 기은이 그랬던 것처럼 준영도 음음 음음 따라 부르더니 이내 노랫말까지 넣어 흥얼거렸다. 족구 차던 사람들이 경기가 소강상태에 빠질 때마다 이쪽을 흘끔흘끔 쳐다 보는 바람에 기은은 4절까지 연주하지 못하고 그만두었다.

준영은 오카리나 부는 연습을 하느라 다 식어버린 커피를 오래도록 마셨다. 기은은 준영의 곁에 앉아 사람들의 발을 떠난 공이 반대편 코트 안으로 꽂히는 것을 바라보았다.

　아, 제가 이 말 했던가요? 저희 교회 목사님, 제 아버지예요.

　고가도로 위쪽으로는 당연히 넓은 도로가 나 있을 테고 많은 차가 다니겠지. 그 차들을 다 떠받치려면 고가교가 무척 튼튼해야 할 것이다. 기은은 준영이 건넨 말이 왜인지 참 무거웠다.
　아니, 별거 아닌가, 아버지가 목사라는 사실쯤은. 그간 왜 몰랐을까. 연이은 장례식으로 교회 분위기가 어수선해서? 교회에서는 절대 티를 내지 않도록 미리 부자간 합의를 이룬 사안이라서? 정확히 말하자면 아버지가 목사라는 것보다는, 조금 독특한 사실이기는 해도 그건 별게 아닐 수도 있지만, 무엇보다 기은은 이런 대화가 낯설었다. 준영과 함께 물 위를 붕붕 떠 흘러가고 있다고 생각했는데, 조금씩 헤엄치는 법을 깨치며 물 밖에서도 물을 생각했고 기은은 그런 자신이 때때로 마음에 들기까지 하였는데, 준영은 물 태생의, 도무지 발을 붙일 수 없다고 생각했던 곳에 발을 단단히 붙이고 어떤 유속에도 물 안을 물 밖처럼 자연스레 거니는 사람이었다는 것이…… 무거움의 이유를 재빠르게

　　　　　　　　　　　　슬픈 마음 있는 사람

파헤쳐보자면 아마 이런 마음들이 그 안에 도사리고 있을 것이다.

어릴 적 들었던 자장가를 흥얼거려보라고 하면, 나로서는 처음 듣는 찬송가를 너무도 익숙하게 흥얼거릴 사람이야, 저 사람은. 그래서 그렇게 교회가 익숙했구나. 준영에게는 교회가 무슨 말구유 같은 곳이라서. 준영과 헤어져 혼자 집까지 걷는 동안 기은의 양어깨에 생생하던 무게는 준영을 향한 원인 모를 야속함으로 그 얼굴을 바꾸어갔다.

내가 그래서 뭐라고 반응했더라? 준영의 말에 기은은 자신이 그저 아, 하고 말았음을 떠올렸다.

아.

기은은 그날 처음으로 집에서 성경을 펼쳐 알고 있다고 말할 수 있는 단 하나의 구절을 찾았다. 「마가복음」 8장 23절에서 26절 말씀.

"예수께서 맹인의 손을 붙잡으시고 마을 밖으로 데리고 나가사 눈에 침을 뱉으시며 그에게 안수하시고 무엇이 보이느냐 물으시니 쳐다보며 이르되 사람들이 보이나이다 나무 같은 것들이 걸어가는 것을 보나이다 하거늘 이에 그 눈에 다시 안수하시매 그가 주목하여 보더니 나아가 모든 것을 밝히 보는지라 예수께서 그 사람을 집으로 보내시며 이르시되 마을에는 들어가지 말라 하시니라"

예수는 맹인에게 마을로는 돌아가지 말라고 했다.
왜 그랬을까? 맹인은 예수의 말을 따랐을까? 내가 맹
인이었다면 눈을 뜨게 해준 예수의 말을 따라 마을로
돌아가지 않았을 거야. 그럼 마을 밖에는 마을로의 복
귀를 미루거나 제쳐둔, 멀었던 눈을 뜨게 된 사람도 있
고 걷지 못하다 걷게 된 사람도 있고 성경에는 미처 다
씌어지지 못한 많은 기적이 있겠지. 마을 안에만 머무
는 사람들로서는 전혀 모르는 기적들이.

기은은 어렴풋이 알고 있던 단 하나의 구절을 더욱
자세히 알게 되었다. 전혀 모르는 수많은 구절까지는
더 이상 읽지 않고 성경을 덮었다.

*

늦은 아침을 먹고 교회로 가는 대신, 기은은 배낭에
바나나와 얼음물, 손수건과 안경집, 수첩과 펜을 챙겨
집을 나섰다.

지난밤 기은은 오래도록 잠들지 못했다. 질서를 이
루던 것들이 흩어져 허공에 둥둥 떠다니는 것 같았다.
기은은 떠다니는 것들을 하나씩 붙잡아 만지작거리
다 준영과 나란히 앉아 있던 오후의 기억에 오래 머무

슬픈 마음 있는 사람

르게 되었다. 사실 다른 것들은 징검나리처럼 통통 뛰어넘었고 준영이 자신의 아버지가 목사라고 고백했던 그 기억 돗자리에 자리를 잡고 드러누웠다고 하는 편이 맞을 것이다. 이제 기은은 준영이 목사의 아들이라는 사실과 그 사실이 주는 이상한 배신감보다는 그때 아무 말도 하지 못하고 어색하게 굴었던 스스로가 싫었다. 뭐라도 말해줄걸. 웃기라도 했으면 좀 나았을 텐데. 아니, 나 역시도 준영에게 제 아버지가 목사예요, 하는 것과 비슷한 대답을 해줬어야 했는데. 하지만 기은에게는 꼭꼭 감춰두었다가 불시에 톡 까놓을 만한 비밀이 없었다.

음······

기은은 이런 결론에 이르러서야 마침내 잠들 수 있었다.

내일은 김병철 낙서를 좀더 모아볼까 봐. 준영이 지금까지 모으지 못한 종류의 낙서들을 찾아 나서서 일이 잘 풀린다면, 그것들을 잘 기억했다가 준영에게 말해줄 수도 있을 것이다!

직접 목격하거나 준영과 맞춰보아 아는 낙서 위치들은 집을 나서기 전 수첩에 미리 정리해두었다. 준영과 나누었던 대화를 샅샅이 되짚은 끝에 스물여덟 개의 **김병철 들어라** 지도가 완성되었다. 고가교 아래 여

덟 개, 기은의 집 왼쪽 주택가 첫번째 골목에 두 개, 세
번째, 여덟번째 골목에 각각 세 개씩, 떡집 앞 버스 정
류장에 한 개, 그 옆 전봇대에 한 개, 연속된 나무 세 그
루에 각각 한 개씩. 초등학교 담장 세 면마다 한 개씩
총 세 개. 학교 안 미끄럼틀 기둥에 두 개, 학교 후문 버
스 정류장에 한 개, 역시 그 옆 전봇대에 한 개, 옆 나무
들에 총 세 개. 도무지 기억나지 않는 것들이 열 개 정
도 되었는데 아마 내용이 중복되거나 별거 아니라서
그렇겠지. 오늘 또 다른 낙서를 목격하게 된다면 그게
이미 아는 것인지 아닌지는 바로 알 수 있을 것이다.

주택가 쪽으로 먼저 가보자. 골목을 벗어나며 기은
은 지금 마을 밖으로 향하고 있다는 실감이 들었다. 마
을 바깥으로, 마을 안에서는 영 알 수 없는 것들을 향
해 가고 있었다. 벗어나고 있어. 최고기온이 30도까지
치솟을 예정인 더운 날이어서 오전인데도 공기가 따
뜻했다. 기은은 주택가에 다다르기도 전에 얼음물을
다 마셔버렸다. 걸을 때마다 물통 안 얼음이 덜그럭거
렸다.

산책길에 목적이 생기자 걸음마다 신중해졌다. 기
은은 담벼락에 딱 붙어 걸었다. 한여름 무성해진 담쟁
이덩굴과 낡은 건물 외벽 틈을 비집고 돋아난 잡초가
살랑살랑, 지금 대체 무얼 하느냐고 묻는 듯한 몸짓으

슬픈 마음 있는 사람

로 기은의 목적을 방해하려 들었다.

김병철 낙서 찾기는 오늘 하루 안에 끝나야 했다. 기은에게는 내일 또다시 같은 목적을 가지고 집을 나서는 것이 불가능하다는 확신이 있었다. 하루쯤은 괜찮지만 이틀이 된다면 그건 너무 본격적이었고 본격적인 목적이 된다면…… 마침내 자신이 이상해졌다는 울적한 예감에 빠지게 될지 몰랐다. 그렇다고 일을 벌인 지 이틀째가 되었는데 목적을 달성하지 않을 수는 없으니, 기은은 자신도 모르게 또 한 번 열심히 임할 것이고 이틀은 사흘이 되기 쉽고 사흘이 되면 일주일은 금방이고 일주일이 지나면 영영 낙서 찾기를 그만둘 수 없게 되는, 지독한 도착에 빠진 사람이 되고 말 것이다. 기은은 한낮의 교회에서 그렇게 된 사람들이 나오는 소설을 많이 읽었다. 기은은 책 바깥에서 인물들을 내려다보며 한 번쯤은 뒤를 돌아봐도 좋지 않겠니, 물었으나 인물들은 뒤 없이 구렁텅이로 직행했다. 여차하면 뒤를 돌아보자는 마음으로, 기은은 식물로 뒤덮인 담벼락도 지나치지 않고 꼼꼼히 뒤졌다. 이파리들을 일일이 걷어보며 놓친 김병철은 없는지 살피고 또 살폈다.

그렇게 한참을 걸었다. 그림자가 짧아졌다 다시 길게 늘어지기 시작했다. 담벼락, 그 앞에 놓인 화분들,

거리의 식탁 의자, 식탁 의자에 앉아 있는 노인들을 몇 번씩이나 지나친 뒤에 기은은 자신이 지금 같은 곳을 돌고 있는 것은 아닌지 혼란스러웠다. 비슷하게 생긴 작은 벽돌집들이 우글우글 붙어 있는 골목이 계속되었다.

이대로라면 아무 성과도 거두지 못하고 해가 저물고 만다. 김병철로 시작되는 낙서 두 개를 발견하기야 했지만 다른 표현의 저주일 뿐 새로운 내용이랄 게 없었다. 종일 낙서를 찾아 헤맸다는 사실 말고는 준영에게 전해줄 만한 소동도 전무했다.

기은이 차마 발길을 돌리지 못하고 벌써 몇 번째 지나쳤을지 모를 담벼락 앞에 서서 벽돌 틈을 꼭 움켜쥔 애꿎은 덩굴 잎을 한 장 한 장 들추고 있을 때, 건너편에 고목처럼 앉아 있던 노인 둘이 말을 걸어왔다. 둘 중 누구의 목소리였을까? 기은이 네? 되물으며 골목길을 건너가자 노인 둘이 동시에 외쳤다.

여기서 무얼 찾느냐고!

기은은 준영이 자신에게 처음 김병철에 대해 들려주었던 때처럼 조심스러운 태도로 말을 꺼냈다.

낙서를 좀 찾고 있어요, 김병철 들어라라고……

그러자 노인들은 기은을 앞에 세워둔 채 둘만의 대
화를 이어나갔다. 김병철? 이이가 그럼 최창엽네 딸인
가? 아니야, 최창엽은 딸 없어. 그럼 낙서를 왜 뒤지는
거야? 마땅한 답을 찾지 못해 기은이 우물쭈물하는 사
이, 대답 따위 필요 없다는 듯 노인들의 이야기가 시작
되었다.

2000년대 거여동은 다단계 사업체의 온상이었다.
2011년 단속이 본격화되기 전까지 골목골목마다 교
육장이며 숙소가 자리했다. 김병철은 유리잔 안에 또
다른 유리잔이 든 모양의 찻잔 세트를 터무니없는 가
격에 판매토록 하는 무리의 수장이었고(집집마다 그
거 한 세트씩은 다 있었어. 나도 그거 있었잖아. 응, 그거
세 번 마시면 영락없이 깨져버리는 컵. 희한하게 안쪽부
터 깨진다고……) 영업 일을 주업으로 삼으면서 주택
가 인근에 이십대 초반의 판매책들이 머물 원룸, 끼니
를 해결할 만한 저렴한 백반집, 시간을 하릴없이 때울
수 있는 피시방까지 굴리며 돈을 긁어모았다. 수백 명
의 청년이 짧게는 며칠부터 길게는 10여 년까지 김병
철에게 세월을 저당 잡혔고 최창엽의 아들은 그렇게
13년을 일했다고 한다. 낙서는 최창엽의 작품이었다.

최창엽이가 얼마나 오래 그러고 다녔는지 알 만한 사람들은 다 알지…… 최창엽은 김병철이 죽은 뒤에도 낙서를 멈추지 않았다.

와…… 쏟아지는 이야기를 노트에 다 적어두어야 하나? 기은은 넋을 놓고 이야기를 듣다가 물었다.

김병철이 죽었나요?
그럼. 작년엔가, 외국에서.

김병철은 죽고 없구나. 기은은 김병철의 결말을 듣자마자 준영에게 김병철이 죽었대요, 하고 알려주는 장면을 떠올렸다. 준영은 김병철이 아직 죽었는지 살았는지 알 수 없는 시간 속에 있고 기은은 이미 김병철이 죽고 없는 세계에 와 있다. 말하자면 기은은 준영보다 자세한 미래에 와 있는 셈이었다. 기은은 준영에게 김병철이 죽었대요, 말해줌으로써 가뿐히 준영의 손을 잡고 함께 미래로 올 수 있었다.

준영보다 먼저 미래에 도달한 소감은, 음……

기은은 노인들에게 고개 숙여 인사한 뒤 교회 쪽으로 걸었다.

고가 아래 벤치에 앉아 있는 준영의 뒷모습이 보였다. 준영의 뒷모습은 안경을 쓰지 않아도 생략되지 않

슬픈 마음 있는 사람

는구나, 오카리나박물관의 오카리나 모양 간판처럼.
기은이 다가가 인사를 건네기도 전에 준영은 기은의
존재를 알아차렸다. 족구장과 농구장 가운데 어디쯤
시선을 두고 있으면 족구장과 농구장, 그리고 벤치 주
변을 지나는 사람들까지 모두 한눈에 바라볼 수 있다
는 것을 기은도 이미 알고 있었다.

어디 갔다 와요?

준영이 물었다. 기은은 곧바로 대답하지 않고 그 앞
에 잠시 서 있었다. 허공에 두었던 준영의 시선이 기은
의 두 눈에 향할 때까지.

김병철이 죽었대요.

준영은 엉? 정말요? 하고 놀라지를 않고 아…… 하
였다. 너무 다짜고짜 죽음부터 알렸나? 그간 나름대로
취미처럼 낙서를 모으던 사람이었는데 일격에 그 취
미의 목을 베고 말았나? 지금 맥락도 없이 덥석 준영
의 손을 잡고 내가 있는 재미있는 곳으로 오세요, 해버
린 건가? 기은은 결말부터 밝히고 만 이야기를 어디서
부터 어떻게 설명해야 할지 그제야 고민하기 시작했

고, 준영 역시 뭘 어디서부터 물어야 할지 골똘한 얼굴이 되었다. 족구 네트를 넘나드는 공이 고무 바닥에 통통 튀기는 소리가 침묵을 메워주었다.

그때 뒤쪽 길가에서 한 아이가 준영을 부르며 달려왔다. 손에 탁구채를 든 채 얼굴이 발갛게 달아올라 있었다. 교회에 모인 아이들과 탁구를 치는 도중 구경하던 친구가 탁구대 위로 올라가더니 날아오는 공을 손으로 쳐보겠다고 선언했고, 그 아이가 탁구대 접히는 지점을 밟는 순간 걸쇠가 풀리며 탁구대가 무너져 내렸다는 설명이었다.

친구는 괜찮은데요, 탁구대가……

준영은 기은에게 가보겠다는 인사를 하고는 아이와 함께 교회 쪽으로 사라져갔다.

기은은 다시 홀로 벤치에 남아 오늘의 모험을 찬찬히 되짚어보았다. 거여고가교 아래 서늘한 공기에 몸이 식자 머릿속 뒤죽박죽이었던 장면들이 제자리를 찾았다. 기은은 오늘 모험을 나선 목적이 김병철의 낙서를 밝혀내는 데 있지 않고 준영에게 이 모든 것을 알려 주고자 함에 있었다는 사실을 깨달았고 자신이 출발부터 그 사실을 알고 있었다는 사실까지도 연달아

일게 되었는데, 그러자 마음에 슬픔이 깃들었다. 준영을 뒤따라 교회로 달려가고 싶었지만 왠지 그럴 수 없었고 이것은 슬픈 마음이었다. 기은은 자신이 비로소 슬픈 마음 있는 사람이 된 것에 아늑함을 느끼면서도 슬픈 마음을 가지게 된 덕분에 슬픔 속에 한참을 머물다 자리를 떴다.

*

주일날 본예배는 늘 오전 11시에 시작되었다. 이 교회의 목사가 목회를 본 지 13년이 되었다고 했으니, 그는 13년 동안 일요일 11시가 되면 사람들 앞에서 그날의 기도를 읊조렸을 것이다. 늦지 않고 예배에 참석하려면 10시에는 일어나 씻고 집을 나서야 했지만 눈을 뜬 뒤에도 갈까 말까 한참을 망설였던 탓에 기은은 결국 지각을 하고 말았다.

예배당 맨 뒷줄은 처음이었다. 열다섯 사람의 기도하는 뒤통수를 바라보며 기은도 눈을 감았다. 목사의 기도 다음에는 그 주를 대표하는 성도의 기도가 이어졌다. 그 후 찬양을 세 곡 정도 함께 부른 뒤 설교가 시작되었다. 큰 교회에 다닐 때에는 부르기도 좋고 가사도 예쁜 복음성가를 많이 불렀는데 이곳에서는 찬송가 뒤편에 수록된 오래된 찬양만 부를 수 있었다. 반주할 사람이 없어 반주기에 등록된 찬송만 가능했기 때문이었다.

세 곡 중에 앞의 두 곡은 항상 같은 곡이었고 마지막 곡만 매주 바뀌었다. 기은으로서는 모르는 곡이 훨씬 많았지만 찬송은 대개 4절까지 계속되기에 1절은 배우는 마음으로, 2절은 연습하는 마음으로 부르다 보면 3절과 4절은 곧잘 부를 줄 알게 되었다. 그렇게 한번 귀에 익힌 찬송에는 더 이상의 주저함 없이 진입할 수 있었다.

기은이 자리에 앉았을 때 예배당은 두번째 찬송이 끝난 뒤의 고요 속에 잠겨 있었다. 마지막 곡의 전주가 흘러나오자마자 기은은 이 곡의 제목이 무엇인지 알아차리기도 전에 음음, 흥얼거렸다.

슬픈 마음 있는 사람 예수 이름 믿으면 영원토록 변함없는 기쁜 마음 얻으리.

기은은 찬송을 부르며, 점점 더 크게 부르며, 양옆으로 까닥이는 준영의 동그란 머리통을 바라보았다. 마지막 찬송을 이걸로 하자고 한 건 준영의 의견이었을까? 그럼 준영은 어젯밤 목사가 설교 준비를 할 때 아빠, 오늘 마지막 찬송은 「슬픈 마음 있는 사람」으로 하자, 이렇게 말했을까? 아니 아버지, 오늘 마지막 찬송은 이걸로 해요, 이렇게 밀했겠지. 그 편이 더 자연스럽다.

기은은 준영의 머리통이 똑딱똑딱 흔들리는 박자에 맞추어 열심을 다해 마지막 찬송을 불렀다. 찬송은 4절까지 계속되었다. 찬송의 전반부는 가사가 계속 바뀌었고 후반부는 같은 구절의 반복이었다.

정기현×이희우

이희우 안녕하세요. 〈소설 보다〉를 통해 이야기 나누게 되어 기쁩니다. 얼마 전 작가님의 데뷔작 「농부의 피」를 읽었는데 그 소설 역시 무척 재미있는 작품이었어요. 농사가 자신의 천직이라 믿으며 텃밭을 가꾸는 독특한 주인공이 나오는데요. 회사 일과 농사를 병행하는 주인공의 태도와 고민은, 왠지 글을 쓰는 작가로서의 태도와 고민과도 맞닿은 듯했습니다. 편집자로서 책을 만드는 일을 하고 있고, 최근에 소설을 발표하기 시작하셨지요. 근황과 더불어 간단한 자기소개를 부탁드립니다.

정기현 안녕하세요. 여름은 특히 정신없이 지나가는 것 같아요. 저는 갑자기 예상치 못한 일들이 생기는 게 겁나서 일상에도 질서가 잡혀 있는 편을 좋아하는데요. 평일 일과 시간에는 편집자로 일하고 있고, 퇴근하고는 책을 읽거나 글을 쓰고, 아니면 가끔 운동을 하고요. 물론 그냥 누워 있는 시간도 적지 않고…… 주말에는 취미 삼아 교외에 조그맣게 양봉을 하고 있어요. 지난주에도 다녀왔는데 허벅지에 벌침 두 방을 쏘여 회복 중에 있습니다. 다 좋아하는 일이지만 한쪽에 지치면

다른 한쪽으로 넘어가는 식으로 하루하루 이어
나가고 있습니다.

이희우 「슬픈 마음 있는 사람」에서 산책의 비중과 역할
이 특히 흥미로웠는데요. 저 역시 이 소설을 읽
고 나서 동네에 특별한 낙서나 이상한 조짐이 있
나 기웃거리기도 했습니다. 전반적으로 평화로
우면서도 예측할 수 없는 소설의 분위기는 산책
의 일상적이면서도 즉흥적이고, 습관적이면서
도 우연에 열려 있는 특성과 잘 어울리는 것 같
아요.

기은은 산책의 '층위들'에 대해 재미있는 지론
을 들려줍니다. 가장 낮은 층위의 산책이 자신의
마음에 갇혀 있는 것이라면, 가장 높은 층위의
산책은 사물 혹은 장소의 비밀을 파헤치는 것인
데요. "걸을 때의 기은은 본래 생각하는 사람이
었"지만, 언제부턴가 외부 세계에 더 적극적으
로 관심을 기울이게 됩니다. 기은의 변화와 그의
지론이 흥미로운 만큼 산책에 대한 작가님의 경
험과 지론이 궁금하기도 했어요. 평소에 산책을
자주 하시나요? 동네의 낙서 찾기나 문득 발견
한 오카리나박물관 등 독특한 설정과 요소가 얼

인터뷰 정기현×이희우

마간 작가님의 실제 산책 경험에 기반하는 것인
지도 궁금합니다.

정기현 소설의 배경이기도 한 거여동은 제가 살고 있는
동네예요. 잡념의 괴로움이 심해질 때마다 진 빠
질 때까지 걷는 일을 즐깁니다. 거여동에 산 지
는 7년째인데요. 소설 첫 문장에 등장하는 것처
럼 서울외곽순환도로가 마을 초입부터 막강한
존재감을 뿜내며 도로를 가로지르고 있고, 그게
작은 동네를 짓누르는 것처럼 보이다가도, 그 아
래서 농구를 하거나 자전거를 세워두거나 지나
다니는 사람을 보면 고가교가 한편으로는 든든
하고 고맙게 느껴지기도 해요. 더운 여름철에는
넓고 시원한 그늘막이 되기도 하고요. 거여동은
서울 외곽인 만큼 높은 건물들이 많지 않고, '마
을' 하면 떠오르는 정겨운 요소들이 아직은 많
이 남아 있는 동네라 산책할 때마다 꼭 한 번씩
은 재미있는 장면들을 마주칩니다. 다만 이번 소
설에 쓴 장면들이 모두 거여동만의 것은 아니고,
이곳저곳에서 이런저런 시간 동안 걸으면서 인
상에 남았던 배경들을 한 공간에 뒤섞어본 것에
가깝습니다.

대개 가만히 앉아 일을 하는 일과 시간에는 그러지 않으려고 애써도 제가 처해 있는 곤란한 상황에 대한 생각으로 머리가 꽉 차 있는데요. 그러다 몸을 움직이기 시작하고 문득 바깥에서 벌어지는 일들이 머릿속에 들어오게 되면 나 방금 전까지 뭘 그렇게 고민했던 거지? 하고 아득해질 때가 많습니다. 내가 나에 대해 자세히 알고 마음을 쓰는 만큼 바깥에 주의를 기울여본다면 그곳에는 더한 곤경이 있다, 그런 한편 더 아름다운 것과 더 자세한 재미도 있다, 하는 생각도 늘 뒤따르게 되고요(이건 어떤 다짐과도 같은 거라서 금방 잊어버리긴 하지만요). 산책의 층위에 대해 쓴 부분은 그런 생각들을 정리해본 것입니다.

올 초에 『초예술 토머슨』(서하나 옮김, 안그라픽스, 2023)이라는 책을 정말 재미있게 읽었는데, 그 책 덕분에 산책이 한층 더 즐거워졌어요. 이 책의 저자 아카세가와 겐페이는 거리에서 우연히 만난 사물들을 그저 재미있다고 생각하는 차원을 넘어 그것들을 나름의 기준대로 분류하고, 그 기준에 따라 조사를 계속하고, 대상을 정의하고, 명명하고, 나중에는 결과물들을 모아 전시회를 여는 등, 산책과 발견이라는 행위의 끝까

인터뷰 정기현 × 이희우

지 가본 사람인 것 같아요. 제가 「슬픈 마음 있는 사람」을 쓴 것은 이 책을 만나기 2년 정도 전의 일이지만, 이 글에 하나의 바람처럼 썼던 "가장 높은 층위의 산책"이라는 것이 어쩌면 겐페이의 토머스 연구 같은 것 아니었을까? 혼자 그런 생각도 해보며 읽었습니다. 1970년대의 겐페이와 2020년대의 제가 뭔가 통했다는 느낌이 들기도 하고…… 그런 즐거움과 기쁨이 있었어요.

이희우 산책하는 동네의 거리와 발길 닿는 장소들을 빼면, 이 소설에서 주된 공간은 교회인데요. 교회는 산책이 잠시 멈추는 곳이지만 동시에 산책의 방향에 변화가 생기는 곳이기도 합니다. 기은은 아주 신실한 사람은 아니지만 교회에 자연스럽게 스며드는 사람으로 보입니다. 한편 준영이 교회에 깊이 연관되어 있고, 교회를 더 익숙하고 당연하게 느끼는 사람이라는 점에 "원인 모를 야속함"을 느끼기도 합니다. 어쨌든 기은은 교회를 아주 친밀하게 느끼지 않지만, 거부하지 않으며 수용하는 중인 것 같습니다. 소설의 주된 공간을 교회로 설정한 이유가 있을까요? 기은과 교회가 '너무 가깝지도 멀지도 않은' 사이로 그려지게 된 연유도 궁금하네요.

정기현 저는 어릴 때부터 교회를 다녔어요. 유치원도 교
회 부설 유치원을 다녔고 교회에서 운영하는 작
은 도서관에서 소설책이나 만화책도 많이 빌려
다 보고 했다 보니 그때의 교회는 제게 무엇보다
자유롭게 드나들 수 있는 곳이라는 인상이 컸어
요. 그리고 지금은 가족 중에 목회자가 생겼는데
요. 그 덕분에 교회에 드나드는 이의 시선이 아
니라 교회에 머무는 이의 시선으로 사람들을 바
라볼 일이 더 많아졌어요. 교회는 슬픔이 모이는
공간이구나 하는 새로운 인상도 생겼고요. 이러
한 시선의 전환이 제게 익숙하지만은 않았고, 처
음 보는 사람들이 교회를 찾아와 자기 이야기를
와르르 털어놓거나 아이들이 불쑥 들러 놀다 가
거나 하여도 교회 안에 있던 사람들이 늘 반갑게
맞아주는 것이 낯설면서도 겸연쩍고 그랬습니
다. 제가 혼자 있을 때 자전거 탄 중학생이 와이
파이를 좀 써도 되느냐며 찾아온 적이 있는데요.
그때도 주스 한 잔, 말 한마디 건네지 못한 채로
각자 시간을 보내다 헤어졌어요. 선뜻 나서기에
는 어쩐지 부끄러운 마음도 들고 그렇더라고요.

인터뷰 정기현×이희우

교회라는 공간이 익숙하고, 교회를 자유롭게 드
나들기도 하였지만, 교회를 드나드는 사람들에
게 선뜻 먼저 알은체를 하지 못하는 위치에 서
있다 보니 자연스레 이상한 거리감이 생겨난 것
같아요.

이희우 이 소설은 스며들듯 사랑에 빠지는 마음의 움직
임을 보여주는 것 같기도 해요. 기은은 교회에서
준영을 만나고, 준영은 기은의 산책에 중요한 변
화를 일으킵니다. 동시에 준영은 기은에게 "슬
픈 마음"을 갖게 하는 사람이기도 합니다. 준영
의 마음은 모를 일이지만, 소설이 진행되는 동안
기은이 여러 변화를 겪는 것에 비해 준영은 별다
른 변화를 겪지 않는 듯 보이기도 하는데요. 소
설이 전반적으로 (너무 심각하거나 무거워지지
않으면서) 산뜻함과 가벼움을 유지하는 것처럼,
준영과의 관계도 더 깊어지지 않고 진척되지 않
습니다. 그렇지만 한편으로는 소설 이후에 이어
질 일들이 궁금해지기도 합니다. 둘의 관계에는
진척이 있을까요? 준영도 어떤 변화를 겪게 될
까요? 혹 인물들에 대해 생각해둔 이야기가 있
다면 나누어주시면 좋겠습니다.

정기현 조심스러운 태도 때문에 잘 드러나지는 않지만 기은과 준영은 이미 많은 시간을 함께 보내고 있는 것 같아요. 책도 같이 읽고 탁구도 치고 커피도 마시고 이상한 이야기를 나누면서 산책도 하고요. 둘이 나누는 시간이나 대화가 각자의 삶에도 점차 스며들며 섞이고 있는데요. 이대로라면 모르지만 아마…… 둘이 서로 사랑하며 잘 지내게 되지 않을까요? 그 사랑이 어떤 형태이든지요. 그런데 관계가 어떻게든 뚜렷해진 이후보다는 그 이전의, 혼란하던 마음을 비로소 깨닫게 되고 그 마음이 왜인지 모르겠지만 슬픔에 닿아 있다는 걸 알게 되는 고가교 아래에서의 장면이 제게는 중요했던 것 같습니다.

이희우 이 소설의 섬세함과 엉뚱함, 문장에 밴 유머, 문장의 변주와 도치 덕분에 소설을 읽으며 행복한 기분이었습니다. 그런데 이 위로와 행복의 느낌은 '반복'과 모종의 관련이 있는 듯해요. 소설을 거듭 읽으면서 반복되는 것들이 눈에 띄었어요. 되풀이되는 찬송가의 후반부처럼요. "똑딱똑딱 일상의 리듬" "비슷하게 생긴 작은 벽돌집들이 우글우글 붙어 있는 골목이 계속되었다" "화려

인터뷰 정기현 × 이희우

한 산상과는 달리 기은으로부터 출발한 공은 궤적이 일정하고 또 따분했다". 반복되는 것들에 초점을 맞춰 읽어보면, 이 소설의 시공간은 루프 속에 있는 듯 미묘해 보이기도 합니다. 물론 기은은, 그리고 이 소설은 이런 반복을 거부하거나 과격하게 변화시키려 하기보다는 수용하고, 재치 있는 약간의 변주를 주려 하는 것 같아요. "김병철 낙서"도 반복되는 것일 텐데, 기은은 그것을 더 자세히 들여다봄으로써, 미묘한 차이들을 발견하고 엮어냄으로써 반복되는 것들에서 더 "자세한 미래"를 찾아내고자 하는 것 같습니다. 크고 급격한 변화를 기대하기보다는 변주를 통해 반복을 더 자세하게, 즐겁게 하는 태도랄까요. 이런 태도와 관련해 들려줄 이야기가 있는지 묻고 싶고, 더불어 앞으로의 작업 계획이랄까요, 계획 중이거나 쓰고 싶은 소설이 있다면 귀띔해주세요.

정기현 여러 가지 모양의 인형 눈알을 가지고 다니다 그때그때 눈알을 바꿔 끼울 수 있다면, 당연한 말이지만, 같은 대상도 완전히 달리 보일 수 있다고 생각해요. 그렇게 익숙한 것을 달리 보이게 만드는 글과 책 들을 좋아해왔고 그 책들 덕분에 지난한 와중에도 그래도 가끔은 즐거워하며 지금까지 살고 있는 것 같고요. 저 역시 질서나 반복 안에 들어앉아 있기를 편안해하고 그 영향 때문인지 말씀해주신 것처럼 기은 역시 어떤 틀 안에서 움직이게 된 것 같아요. 그런데 우리에게 주어진 반복이 어제와 전혀 다를 것 없는 반복이라면 나도 인물도 불행해지기 십상이니 일단 달리 바라보기부터 시도해볼까, 다른 모양의 눈알을 잠깐 착용해볼까, 하는 생각을 자연스레 하게 되는 듯합니다. 그럼 간편히 기분이 나아진다는 장점이 있어요. 영 다른 모양의 눈알을 골라 붙이면 이야기가 뜻밖에 아주 이상해지기도 하고요. 일상에 이야기를 덧씌워보면서 반복을 반복 아닌 것으로 보려 노력하고 있는 것 같습니다.

2년 전 편집을 맡았던 마이조 오타로의 소설 『인간의 제로는 뼈』(정민재 옮김, 민음사, 2022)에 삶을 서사의 집합으로 받아들이는 주인공 카오리가 등장하는데요. 그의 대사를 참 좋아합니다. "재미없는 패턴에 조금이라도 저항해 봐. 궁리해! 자신을 바라보면서 다시 생각해 봐! 책을 읽어! 무엇이 진부하고 깊이가 없는지, 이야기를 읽지 않는 인간에게는 이해될 리가 없다"(p. 10). 내년에는 그런 고민을 하며 쓰고 모은 첫 소설집이 나올 예정이에요. 그리고 마지막으로…… 소설도 인터뷰도, 읽어주신 분들께 정말 감사하다고 말씀드리고 싶습니다.

수록 작품 발표 지면

걷기의 활용 『현대문학』 2024년 4월호
옮겨붙은 소망 『창작과비평』 2024년 여름호
슬픈 마음 있는 사람 『문학과사회』 2024년 여름호